樓下的男人
都市傳說系列
03
笭菁
著

都市傳說3：樓下的男人

楔子

叩、叩、叩、叩，余筱恩留意到自己的鞋跟足音，在夜深人靜時顯得格外大聲，趕緊留心的放輕了步伐，巷子兩邊不少已熄燈的住戶，十二點多，她好像只有踮起腳尖才能讓音量降到最低。

她今天也沒穿多高，只是太靜了，每走一步似乎都會有迴音似的。

原本大家說好唱到十一點就要散的，結果興致正高昂，所以又延了一小時，衝最後一班輕軌，搞到現在才回來。

叩叩，喀，叩叩。余筱恩覺得有點奇怪，在自己的足音裡，好像多了別組腳步聲。

故作若無其事的回頭，在距離十公尺後方，有另一個人影也走在同條路、同一邊上，她趕緊正首，這條路當然不只她一個住戶，有別人也是正常的，只是夜深了難免多一份心。

正因爲夜深，所以她自然會有點擔心，下意識的加快腳步，下一個十字巷口左拐就到家了！

足音逼近，她忍不住再往左後方瞥去，發現那是個男人，步伐相當快速，已經與她縮短了一半距離，而且還在逼近中。

他們倆分據巷子的兩邊，其實無礙，不過她爲什麼覺得……那個男人邊走卻邊看著她？

她是穿著短裙，但沒很短啊，揪著皮包疾走，眼看著十字巷口要到了，她眼尾一邊瞄著男人假裝在看後面來車，一邊向左切去！

余筱恩橫過巷子往左邊轉去，有幾秒鐘的時間會與男人同一邊，但她不敢多看的小跑步進入，不再在乎高跟鞋有多吵，叩叩叩的在黑夜裡發出迴音。

只是……當她聽見另一組奔跑聲時，她嚇傻了！

別鬧了！余筱恩倏地轉過頭去，驚恐的望著狹窄的巷子，除了兩旁的車子外，並沒有看到任何人影！

可是、可是她剛剛眞的聽見有人也跑進這條巷子裡，而且足音還是、還是跟剛剛那男人的一模一樣！

嚥了口口水，手心滲出汗水，就算沒看到人，她現在也渾身不對勁了，余筱恩趕緊加快腳步往自己的公寓走去；她住在五層樓的舊式公寓，雖然沒有電梯沒有守衛但也清靜，這附近幾乎都住學生，少部分是家庭自住，相當單純。

鑰匙插入鑰匙孔，喀的轉動，門應聲而開，余筱恩喘著氣的推開門，眼尾不經意的往旁邊瞥去——那個男人，曾幾何時站在距她十公尺的地方，望著她！

「天哪！」余筱恩忍不住驚叫，而那男人下一秒就朝著她衝來了！

不！余筱恩飛快的進門，在大門掩上的那瞬間，她幾乎看見那男人差一步就碰到她了！

砰！顧不得夜已深，她恐懼的關門關得超大聲，顫抖著踉蹌向後，看著大門下門縫的影子，人影站在外頭，沒有敲門也沒有離去，彷彿也知道她在門的後方。

跟蹤狂？變態？天哪！明天開始她不敢這麼晚回來了！

余筱恩旋身慌張的上樓，她住五樓，腎上腺素爆發一點兒都不覺得累，五樓大門已關上，她小心翼翼的開鎖後先是陽台，然後有個公用空間，接著這層被隔成三間套房，她住在短廊最末間，飛快的進入家門，回身落鎖，再發抖著把加裝的栓鍊扣上！

一轉身貼在門板上，上氣不接下氣，心臟都快跳出來了，好可怕的感覺！被人跟著……她難受的睜眼，眞希望那變態已經離開了！

渾身是汗，她第一件事是拿出皮包裡的手機發ＦＢ，發表著剛剛遇到的跟蹤變態，還有自己現在平安到家卻冷汗涔涔的感想。

回應如雪片般飛來，多半都是關心的問句，LINE也響個不停，她回得膩了才起身，身上都是菸味跟汗味，決定先去洗澡，明天還要上課咧！

一點半，她擦著濕髮步出，看著手機有ＦＢ也有LINE的訊息，她決定暫時擱著，將手機充電後就坐到了桌前，還是用電腦回覆比較快，用手機打字實在太慢了。

心情已經恢復許多，她擔憂的只是明天以後的日子，如果對方在附近怎麼辦？

『這樣他不是已經知道妳住哪一棟了？』有則訊息這樣憂心的問。

余筱恩一怔，對啊，他可是追著她進大門的，自然知道她住這一棟啊！思及此，她額邊又冒了冷汗。

『筱恩，妳一進門就開燈嗎？這樣他會連妳住哪一間都知道耶！』

什麼！余筱恩倒抽一口氣，回頭看著自己房間的大燈，她剛剛一進來就開燈了！轉著眼珠子，心跳再度加快，她戰戰兢兢的起身，現在關燈也來不及了，她現在只能祈福，那個變態已經走了。

喉頭緊窒，她的桌子對著窗戶，窗戶蓋著窗簾，小心翼翼的往前走到窗簾邊，舉起的右手顫抖，只要掀一角就好，她的窗子對著的就剛好是樓下，那個變態應該已經……

男人站在巷子裡，仰著頭，不偏不倚的正對著她的房間！

哇啊！余筱恩嚇得鬆手滑坐在地，他在樓下、他、還、在、樓、下！

飛快的衝到電腦前，她迅速的打著字：那個男人在樓下！

喀，喀喀……

『快報警啊！』

『快點開窗尖叫！』

『筱恩，妳住哪裡我幫妳報？』

『快回啊！妳到底怎麼了？』

『筱恩？余筱恩妳還在嗎？』

『……』

第一章

第一位失蹤者

輕軌緩緩入站，男孩卻焦慮不安的先走到車門口，等到列車好不容易停妥，門才一開，他立刻就衝出去了！

他拿著手機一邊走一邊再重複撥打，電話直接進入語音信箱，他從有通沒人接打到進語音信箱，他猜想恐怕是被他打到沒電了！問題是……為什麼不接電話？

幾天前女友半夜打電話來，他那時已經睡死了根本沒聽見，隔天早上看見未接來電回撥卻無人應答，查看著LINE的訊息，她什麼都沒寫，但是在FB上卻有著奇怪的訊息：『那個男人在樓下！』

這訊息讓他不解，下面有一堆人回覆小心、報警等等，但是女友都沒有再回應，他撥了好幾通電話都沒人接聽，LINE傳了幾百則都未讀自然也未回，讓他不太安心。

一開始他以為是她在賭氣他沒接電話，但說過幾百次了！他又要打工又要上課真的很累，睡眠品質又好得要命，一旦睡死根本什麼都不知道，拜託她半夜打電話如果他沒接就不要鬧脾氣。

只是又隔一天，她還是沒有任何消息，電話、LINE全部找不到人，這讓他覺得太不對勁了，一般賭氣不會賭這麼久吧？這時候，就得請出祕密武器——女友的好朋友了。

「洪偉庭！這邊這邊！」一出輕軌站，就看見出口站著林詩倪跟她男友阿杰。

「有消息嗎？」洪偉庭趕緊衝過去問！

林詩倪凝重的搖搖頭，「沒有，我去她宿舍好幾次都沒有人應，問了其他同堂課的同學，說她這兩天的課都翹掉了！」

洪偉庭越聽越擔心，他昨天跟林詩倪聯絡後，發現筱恩這兩天也沒跟她聯繫，星期四跟五的課其實不多，所以大家一時也沒想到什麼，直覺是她因爲星期三那天夜唱太晚，所以索性翹課了！

這讓他連夜從南部坐夜車北上，也拜託林詩倪找線索。

「樓友問過了嗎？」他們一行人急匆匆的轉進小街裡，準備前往余筱恩的住所。

「我只找到一個，其他兩個都沒遇到……」林詩倪有點尷尬的說，「筱恩跟樓友都不熟，他們說沒有聽見什麼異狀，基本上平常他們根本就不會跟筱恩有交集！」

「哎唷！」洪偉庭可眞急死了，「她到底是在搞什麼……眞的讓人急死了！」

「我已經聯絡房東了，我拜託他讓我們進屋去，就算筱恩不在也能有個線索！」林詩倪緊緊握著手機，她眞是得力的幫手，連房東都找到了。

「我一直覺得應該要報警。」阿杰出聲，「照理說，她已經失蹤超過二十四小時了，已經可以報警了吧！可是詩倪一直阻止我！」

報警……洪偉庭心底一陣抽痛，總覺得一旦報警就表示事態嚴重，但是他並不希望筱恩到這地步啊！

「我只是覺得先進筱恩房裡看看再說，我們又不能肯定她、她眞的出事！她之前幾天沒消息也是常有的事啊！」林詩倪越說越憂心，「洪偉庭，對吧對吧？」

「是沒錯……但是這樣斷訊的狀況是第一次。」洪偉庭疾步在巷子裡走著，「妳有跟她家人聯繫過嗎？」

「我哪敢啊！我要怎麼說？我覺得余筱恩失蹤了！那好像只會把事情越鬧越大。」林詩倪深吸了一口氣，「好！不管怎樣，我們先去余筱恩房間再說……啊，這條左轉！」

啊啊，洪偉庭已經轉彎了，他看起來還是有點印象嘛！

寧靜的巷子沒有什麼人，他記得這條筆直走到中段，第一個十字巷口再向左轉，余筱恩就住在那兒……她搬家後他只來過兩次，擔心記不清，才得拜託林詩倪來接他。

又一個左轉，一個中年男子站在樓下，臉色凝重。

「陳先生？」林詩倪試探著問。

「啊……林小姐是吧？」房東瞥了他們三個一眼，「你們說的是五樓嗎？」

「嗯，503的余筱恩。」林詩倪誠懇的望著他，「拜託，你可以現場盯著我們，但是她眞的聯絡不上，我們很怕她在房裡出了什麼事！」

「我才怕她出什麼事咧！」房東旋身為他們打開樓下那扇青色的鐵門，緊接著領著大家上樓。

五樓並不高，但對洪偉庭來說度日如年，他急切想知道余筱恩在哪裡……不，他希望她就在房間裡，可能正在打電動或是睡覺都好，千萬、千萬不要出事啊！

來到503房門前，房東禮貌性的再度敲敲房門，期待裡面能有個回應，但一如林詩倪昨天來的情況一樣，安靜無聲。

他回頭看向學生們，大家給予肯定的點頭，房東說聲打擾了，便將備用鑰匙起出，插入鑰匙孔，喀——鎖開了，洪偉庭迫不及待的扭開門把使勁就往裡推，咚！

他因反作用力撞上門板，錯愕的撫著頭，因爲門上的栓鍊未解，導致門根本只開了十公分的縫而已。

「……筱恩！」林詩倪見狀，欣喜若狂，因爲門栓是從裡頭閂上的，人自然在裡面啊！「余筱恩！」

裡面依然沒有回應，林詩倪的心情一下子又跌到谷底，洪偉庭呼喚幾次後未回，房東在一旁碎碎唸著，當初簽約明明說過不許亂加裝什麼東西的，尤其是釘子類的，怎麼大家都不當一回事！

洪偉庭將林詩倪拉開，湊到那縫裡去瞧，不安感旋即湧上，從那縫隙中看見的是雜亂的房間，活像被轟炸過的凌亂不堪，但是余筱恩是個相當井然有序的女孩！

「用鏡子！」林詩倪果斷的拿出包包裡的鏡子遞上前，洪偉庭即刻接過，伸入門板裡反射照著。

房間不亮也不暗，陽光透過綠色的窗簾進入房裡，因此房間呈現一片綠，鏡子倒映出屋內的角落，桌上許多東西都倒下，余筱恩擱在地上的鞋子更是東倒西歪，床上的被子有一半在地上、一半在床上，房間裡彷彿被人翻過……不！

像是戰鬥過的殘景。

洪偉庭的手不自覺的顫抖，他心底知道出事了，緩緩的將鏡子再往旁邊移動……該是雪白的牆上，竟烙著明顯的爪痕！

「……報警。」他喃喃說著，「報警……」

「什麼？」林詩倪湊上前問著。

「出事了！」洪偉庭激動的回首，「快點報警！」

女生一個人在外租房子，多半是五到六坪，余筱恩這間屋子較大有八坪，距離學校遠了些才便宜；房間是長方型的，門開在下方長邊偏左處，所以一進門的一點鐘方向是窗戶，左手邊為衣櫃，右手邊緊鄰的就是床尾，床的中段處對窗擺了張日式方桌，方桌再往右是其他櫃子，最裡面就是浴室了。

而一點鐘方向對著窗子的電腦桌也歪七扭八，電腦歪斜，鍵盤掉到了地上，桌上的筆筒早已傾倒，筆散了一地都是；在書桌與床之間的是日式矮方桌，上頭多半擺著她的保養品或彩妝品，現在也是四散一地，木桌整個移動到靠近床尾，離開了原本的位子。

至於床，被子有一角落在了床尾，血淋淋的紅色腳印就映在上頭，彷彿像是被子絆住了腳往前拖離的跡象。

現場並沒有大量的血跡反應，單就所見推斷，應該是腳踩到了玻璃碎片，才跟著處處染血。

但是……警員們抬首，拍著白牆上的線索，在牆上有幾道血抓痕，彷彿有人猛力往牆上抓的樣子，但是最集中的地方卻是在門前的地板。

房裡是木質地，深刻的爪痕刻在地板上，大約有五至六道，刻在該屬於玄關的地方，一道比一道還要深刻，血乾涸在抓出來的刻痕裡，看起來有一段時間了。

洪偉庭他們當下決定報警，事到如今只能報失蹤，警方到現場後將栓鍊剪斷，裡面便呈現這樣的怵目驚心，洪偉庭光站在門口看著牆上的血抓痕，一顆心便緊揪著，那是筱恩的手嗎？發生什麼事會出現這樣的抓痕？

如果不是她的？那會是誰的？在這房間裡究竟出了什麼事？

「看起來經過一場混亂的打鬥啊！」警官站在門口看著，偶爾像在沉思，偶爾又走近觀察，「她平常有跟人結怨嗎？」

「沒有，我們都只是學生。」洪偉庭皺著眉回話，這什麼問題！

「那可不一定，這年紀最血氣方剛了。」警官淡淡的說著，「你們說她有遇到變態？」

「對對，她那天晚上在臉書上發文，說有人跟蹤她……跟到樓下！」林詩倪趕緊滑動手機，想出示那則貼文。

警官聞言，即刻走到電腦桌邊，那兒的人正在採樣，鑑識小組將鍵盤放回桌上，蹲下身子瞇起眼，從「空間棒」與「V」鍵中，夾起了一個證物。

「什麼東西？」警官問著。

「應該是指甲。」鑑識人員將鑷子舉高望著，「粉紅色指甲油，指甲片上還黏著肉。」

他翻轉內側讓警官看著，果然連皮帶肉，血紅的組織跟指甲一起剝落。

「粉紅色嗎？」警官朝鑑識人員頷首後，人員將指甲放進證物袋裡。

林詩倪僵硬著身子點點頭，這星期……筱恩的確是擦粉紅色指甲油，那瓶還是新買的！

「黏著肉是什麼意思？」洪偉庭聽到的只有這個。

爲什麼會有黏著肉的指甲片卡在鍵盤裡啊？一般人打字會這樣嗎？

鑑識人員移動了滑鼠，敲敲鍵盤，電腦倏地一亮，讓其他人都分心留意，螢幕裡的畫面停留在臉書，警官彎身查看，上頭是失蹤者自己的臉書頁面，的確發表著一篇：『我家樓下有個男人』。

移動滑鼠，下頭一堆留言，但是最耐人尋味的是……最底下有篇訊息沒有來得及發出去：『門口有人！』

應該是失蹤者自己打的吧？章警官直起身子，後退一步，望著電腦、看向鍵盤，然後緩緩的朝右看向門口，看向站在門口憂心如焚的同學們。

是這樣嗎？正在打字，被強大的外力拖離，所以指甲才會斷裂卡在鍵盤裡？因此摔上地面，鍵盤跟著滑落，然後被一路往門邊拖去……警官徐步走到了抓痕處，在這裡掙扎嗎？

「怎麼回事？」洪偉庭大聲的問著，「電腦裡是什麼？」

洪偉庭激動的想衝進去看，卻立刻被林詩倪跟阿杰拉住。

「她正在打字，有句話沒傳出去。」警官蹲下身子，重新檢視著爪痕，「被什麼阻止了。」

「打什麼？」洪偉庭嚥了口口水，他想知道！「筱恩留下了什麼？」

『救命。』

救命，洪偉庭顫抖著身子，她遇到什麼事了？她果眞遇上危險了！「讓我進去，我想要看裡面的狀況！」

「冷靜點，你現在進去只是在破壞現場！」阿杰趕緊架住他，「要讓警方採集更多的證物啊！」

「同學冷靜，你進來於事無補，我們會盡快搜尋的！」章警官嚴肅的瞥向他，「你們分別告訴我最後一次看到余筱恩是什麼時候、什麼情景，我們也要來詢問樓友有沒有聽到什麼不尋常的事。」

「我問過隔壁的，他們什麼都不知道，也沒聽見。」林詩倪補充說明著，「而且筱恩跟大家都不熟，頂多就是見面點點頭罷了。」

章警官點點頭，一層也才三間都能不熟到這地步啊！看來失蹤的女孩可能不太喜歡與人交際！或是不喜歡跟鄰居打交道。

鑑識人員跟警察裡裡外外的忙碌著，他們三個很快的被請到外頭的公共空間去，以不妨礙現場採證爲理由，洪偉庭看著凌亂的房間不由得鼻酸，他不敢想像筱恩到底遭遇了什麼事。

「手機。」鑑識人員將手機拿起，在房間裡高舉，「手機掉在床底下。」

「我一直打都沒人接，一定是沒電了！」洪偉庭趕緊又衝到門口，「可以先開機看看嗎？說不定有什麼線索！」

鑑識人員很快的在地上找到充電器，插上充電後便開機，警官看著被蒐集走的皮包，證件跟錢包全部都在，屋子裡雖然凌亂但是貴重物品全都在，手機、平板、筆電好端端的，初步排除搶劫或是竊案。

而這些東西都還在，也證實了一件事：那就是余筱恩不是離家出走，否則不可能錢包跟手機都擱在房裡。

鑑識人員搜索著手機，LINE的聲音咚咚咚的響個不停，想是這幾日朋友們的訊息一次湧進，而鑑識人員忽而抬首看向警官，警官領會前往，兩個人一起湊到手機邊看，於此同時，洪偉庭留意到他們刻意將手機的音量調小了。

警官的神色轉而凝重，朝著鑑識人員低語後，他們把手機放進證物袋，好整以暇的收起。

「怎麼了？出事了對吧？」洪偉庭焦急的在門口喊著，「手機裡有什麼⁉」

「少年仔，不要急，等我們回去蒐證後會跟你說的！」章警官安撫著他，「我知道女友不見你很焦急，但是很多事不是現在就能判斷的！」

「我怎麼不急！筱恩不是會鬧離家出走的人，而且她一個人住這裡有什麼好出走的！」洪偉庭氣急敗壞，「她一定出事了……調監視器！」

「這些我們都會做！」章警官嘆了氣，「你先回去吧，在這裡眞的只會妨礙我們現場蒐證，有消息我一定會通知你！」

「我不要回去！事情沒有結果我才不走！」洪偉庭咆哮出聲，林詩倪都嚇到了。

「……洪偉庭，你不要這麼大聲，警察又不是神，哪有辦法立刻給你什麼答案，你要給他們時間查啊！」她小聲的說著，「他們還有很多事要做，我們在這邊眞的幫不上什麼忙……」

「等……等什麼！等到他們查好就來不及了！說不定筱恩已經出事了！」

「咳！」阿杰輕咳一聲，「我說眞的，看這樣子她應該已經出事了吧！」

林詩倪倏地回頭瞪向自己男友，會不會說話啊！這時候這樣說是在刺激洪偉庭的嗎？

「我、我沒說錯啊，她包包手機都沒帶，那個、那個房間亂成這樣……」阿杰還不懂得看眼色，「就……好好，我不說我不說就是了。」

他說得沒錯。

洪偉庭反而靜了下來，緊繃著的身子放鬆，阿杰說的其實正是他心裡所想，單單看見房間的慘狀就已經有不好的預感，地板與牆上的抓痕更令人毛骨悚然，等到手機跟錢包俱在時，他因為不祥的感覺而變得易怒。

他自己也知道，余筱恩不是鬧彆扭，不是搞失蹤，而是出事了。

「我比較不懂的是……」林詩倪小聲的問著，「門為什麼是反鎖的？」

沒錯！推不開的房間裡有著余筱恩加裝的門栓鍊，鍊子只能由房內閂上，不可能由外上門，如果余筱恩真的被人帶走，只怕也並不是經過門！

因此，鑑識人員在窗戶的地方認真蒐證，如果她不是從門離開，那剩下的地方就只有窗戶了。

幾位員警離開503房間開始敲樓友的門，星期六一早，大家都還沒出門，因此很順利的找到人詢問；洪偉庭幾度想上前都被林詩倪跟阿杰拉住，警方在辦案，他別去攪局啊！

樓友們顯得有點緊張也有點困惑，事實上警方一到他們都知道，外面喧鬧如此怎麼會沒感覺！但是他們對余筱恩這個女生真的不熟，最強的是對門502只知道她是法律系的，其他一概不知。

至於星期四凌晨她幾點回來、有沒有聽到什麼聲音，根本沒人注意，雖然大家都很晚睡，但是真的沒聽見任何聲響——即使她房間像是與人混戰過一場，那些瓶瓶罐罐掉落的聲音也沒人有注意。

「不過那天有一件事怪怪的！」502的女生轉著眼珠子，在場紛紛屏息，「不過那能算怪嗎？還是……」

「妳鉅細靡遺的說，不管多小的事都可能是線索。」警官溫和的說著。

「其實也沒什麼，就是停電。」陳怡蓉聳了聳肩，「我正在打電動，燈突然暗了……而且只有走廊的燈熄喔！」

她邊說，一邊指著大家的頭頂上方。

所有人不約而同的抬頭看著公共區域的燈，只暗走廊？與其說是停電，不如說有人關燈來的實際吧？

「妳房間並沒有暗？」警官再問。

她搖搖頭，「閃了一下，像是電壓不穩一樣，但是兩秒就亮了！而且我的電腦都沒受影響。」

「嗯……」警官望了她房門一眼，再看向走廊，「妳在房間裡，怎麼會知道走廊暗掉了？」

「啊，我家小可在抓門板，我回頭時恰好看見燈暗掉。」陳怡蓉說得稀鬆平常，但是大家聽得一頭霧水。

「小可？」

「啊，我……」她尷尬的笑著，眼尾瞄向了在外頭講電話的房東，壓低聲音，「我養的貓。」

哦……林詩倪幫忙回頭留心，這裡也禁止養寵物，難怪她不想讓房東聽到。

「所以，貓那個時候有反應？」警官跟著說話變輕，「抓門板外有出現警戒狀態嗎？」

「嗯……」陳怡蓉歪了頭，皺眉看起來在沉思，「牠常這樣啊，我沒很留意，我只知道夜深了所以回頭把牠從門板那邊抓走，而且我就有買貓抓板給牠，牠幹嘛去抓門？」

陳怡蓉碎碎唸的咕噥著，只是大家想聽的重點都不是這個，因爲動物總是比較敏銳，那個時候貓會突然到門板去呈現警戒，表示牠感覺到外面有狀況。

可惜這個主人只顧著打電動，耳機也戴著，所以外面有再多動靜她根本聽不到，問再多也沒辦法再得到什麼線索。

「還是監視器可靠點，把附近所有監視器都收集起來吧！」章警官交代著，「她那篇發文很清楚，那男人跟蹤她回家，甚至在樓下等她，最後的發文是慌張的。」

最後的發文，幾個不成句的字……眼淚不住的奪眶而出，洪偉庭已經思考到最糟的狀況，忍不住抹了淚。

「樓下的男人？」

冷不防的，身後突然傳來陌生的聲音與腳步聲，所有人紛紛回頭看向五樓的大門處，那兒站了閃耀著臉龐、雙眼熠熠有光的男孩，看上去相當可愛，活像高中生！

「啊！」林詩倪張大了嘴，指向了男孩，他正堆滿笑容，左右嘴角各有梨渦，雖然用「可愛」這個詞形容男生很怪，但他看上去真是可愛極了！「夏天！」

「剛剛是誰說樓下的男人嗎？」他三步併作兩步的跑進來，聲音飛揚得讓警官皺眉，「啊！章警官！哈囉！又見面了！您怎麼在……」

話沒說完，他還是被左手邊的混亂分心，狐疑的探頭往裡看著進進出出的警察們，其實在樓下看到警車時便心知肚明，這兒出了事。

樓梯間傳來重疊的腳步聲，另一個男生進入，「夏天，你跑這麼快是幹什麼？又不是你……」

上來的男孩警官也認識，與夏天的萌系可愛度完全不同，高大帥氣帶著點冷俊，才踏進五樓就煞住步伐，皺著眉環顧四周。

「嗨，毛穎德！」林詩倪尷尬的打招呼。

「怎麼怎麼了？」最後一個男孩跑太慢加足馬力衝上來，卻沒料想毛穎德卡在門口，一骨碌撞上，「哎喲喂呀，你怎麼站在這裡啦？」

他從毛穎德身邊的縫隙往裡鑽，是個清秀瘦弱的男孩，一雙大眼相當活潑，忙不迭朝著萌系男孩這邊來。

「這裡怎麼了？」

「郭岳洋是吧，身體都好了嗎？」章警官笑吟吟的看著活潑的男孩，看上去氣色好多了。

「謝謝警官，我都好了！」他大聲回應著，也瞥著警察進出的房間，「這邊發生什麼事了？」

「你們誰啊？來看什麼熱鬧啊！」洪偉庭忽然暴走的怒吼，一把就使勁推開郭岳洋，「有沒有搞錯！這裡不是讓你們看熱鬧的地方！」

郭岳洋被往前推得踉蹌，跌到警官身上，洪偉庭氣急敗壞的揪過夏玄允的衣領，眼看著就要一拳揮下——身後倏地有人握住他的右手，使勁的向後扳去，制止了他的動粗。

「嘴巴長來做什麼的？動不動就打人？」毛穎德冷冷的望著他，加重了手上的力道，「誰來看熱鬧的？你先問完再動手很難嗎？」

「唔……」洪偉庭痛得皺眉，林詩倪跟阿杰趕緊上前說情，他女友出事了，夏天一上來就一副看熱鬧的樣子，情緒難免失控啊！

毛穎德冷冷瞥了他一眼，這是兩碼子事，但莫名其妙動手就是不對！章警官悄悄使了眼色，這裡已經夠亂了，別再鬧事。

哼！毛穎德這才鬆手，洪偉庭踉蹌向後倒去，虧林詩倪他們連忙攙扶住。

「你們怎麼來了？」章警官邊說，一邊上前攔住夏玄允，「別往前，這裡是現場。」

「我來找……學姐的。」毛穎德拿出手機搜尋，「我們系上學姐借了一本書都不還，逾期超久的，所以我直接來找她拿了！」

「喔，自便吧！」章警官點點頭，「別靠近封鎖線的範圍就是。」

「學姐住503……」毛穎德察看手機後抬頭，瞬間看到了敞開的門上，掛著503的牌子，頓時僵住，「咦？」

警官聞言皺眉，「你找余筱恩？」

「……是，筱恩學姊。」毛穎德暗暗倒抽一口氣，「不會吧？這是她家？她出什麼事了嗎？」

「失蹤。」章警官挑了眉，「正好，你是跟她有約？還是臨時起意過來的？現在才十點，來得有點早？」

「約好的！我星期一跟她約好今天早上過來拿書，還得要我幫她拿去還書、我再直接借走！」毛穎德不可思議的移動步伐，斜斜的才能看見房間裡頭的樣……喝！

那是什麼？血爪痕？怎麼會在牆上有這種痕跡？三或四個抓痕，全帶著血，這種場景通常有在電影裡會看見，但不可能這樣帶血啊！

目測血痕不明顯不連續，很像是有人指尖受傷時劃出來的。

「她失蹤了，她是我好朋友，這兩天聯絡不到，所以我們就過來找人……」林詩倪跟毛穎德他們之前就認識，「誰知道會是這樣……」

「可是你剛剛說樓下的男人，」夏玄允好不容易抓到機會開口，「我沒聽錯吧？」

洪偉庭忿忿的望向他，阿杰擔任安撫的角色，急躁忿怒是成不了事，於事無補。

「筱恩最後在FB發文時，說有人跟蹤她，甚至還在她家樓下守著。」林詩倪邊說，一邊拿出手機滑出那頁面，夏玄允簡直是迫不及待的搶過去看。

頓時間，他雙眼一亮，閃閃發光。

「噢！別鬧了！」毛穎德一眼就知道他那個神情代表的意義，「這是失蹤案！對吧，章警官你跟他說！」

章警官倒是認眞的看向夏玄允，他跟這幾個學生做過數次筆錄，多少有點瞭解，夏玄允是「都市傳說社」社團的社長，對「都市傳說」頗有熱情。

「夏天，我倒是想聽聽爲什麼你對樓下的男人這麼感興趣？」章警官淺淺微笑，「難道這也是都市傳說？」

「當然！」夏玄允雙眼熠熠有光，還正式的回首看向了洪偉庭，「你的女朋友，是遇上了都市傳說！」

第二章 門外

「樓下的男人」，是近代的都市傳說，有女孩發現被跟蹤後，在家裡會發現樓下有男人守著，開窗探看時竟與其四目相交，而對方會從遠處移動到近處，數小時不離。

最有名的事件與余筱恩的境況雷同，女孩在推特上告訴朋友樓下好像有人在監視她，幾個小時過後發現對方不但還在，甚至逼近了大門，再一會兒後男人不見蹤影，可是家門外卻傳來了敲門聲。

所有推特上的朋友都力勸她快點報警，不要開門，但是這排山倒海的勸阻成了推特上最後的發言，因爲那個女孩再也沒有回應、沒有留言，這個女生就這樣消失了。

「那只是傳說吧？有誰去證實那個帳號的女生眞的失蹤了？搞不好是惡作劇。」女孩紮著高馬尾，在廚房裡忙著，「網路上是什麼能信啦！」

「問題是余筱恩失蹤了啊！」夏玄允現在的狀態非常亢奮，因爲又有一個都市傳說現身了。

「失蹤有很多可能，不要什麼都扯到都市傳說！」馮千靜忍不住翻了個白眼，「不是說她那天回去路上就有人跟蹤，那就是跟蹤變態啊！調監視器出來找人！」

「我也這麼認爲。」毛穎德持贊成票。

他們同住一層樓，四房兩廳兩衛，非常寬敞，原本只有三個男生同住，夏玄允跟毛穎德是總角之交，又考上同一所大學，感情如同兄弟不在話下，而郭岳洋是夏玄允的國中同學，興趣相投，對「都市傳說」也有狂熱，巧合的也在同一所大學，自然也是麻吉！

夏玄允對「都市傳說」異常著迷，還特地成立了「都市傳說社」，郭岳洋自然是第一社員，而理智的毛穎德再不信也得挺到底，因爲學校規定社團必須滿十人才能成立。

馮千靜就是在路上陰錯陽差被拉去當「幽靈社員」，完全不知道什麼叫「都市傳說」，也壓根兒沒有興趣，卻因爲同情又沒耐性便隨手簽了名，結果落到今日的下場。

那時才開學，她當時的室友就眞的試驗了「都市傳說」，還眞的搞出人命來，那時她束手無策，只好跑去找夏玄允，想著畢竟對方成立了「都市傳說社」，總有點研究吧？

事實證明他們的確瞭解不少，但是僅限於瞭解，「都市傳說」不是什麼撞邪遇鬼的，非常難處理，根本是個謎；事情好不容易解決，她住的地方卻燒掉了，也賠上好幾條人命。

所以，夏玄允非常熱心的邀請她分租房子，以非常便宜的價碼入住，當然重點是因爲這間屋子根本就是夏玄允他家的，他不過是想要點熱鬧，把空房塡滿罷了。

跟三個男生同住，她倒是無所謂，反正眞的有人起了歹念，該留意的絕對不是她。

「好香喔！小靜妳在煮什麼？」夏玄允拖著身體倚在廚房房口，用極盡撒嬌的語氣。

馮千靜銳利的雙眼瞥了他一眼，「什麼音調噁不噁心啊！我煮什麼不會用眼睛看嗎！」

「可以煮四人份嗎？」夏玄允繼續撒嬌著，「我們都還沒吃耶……」

「已經快煮好了，廚房等等就讓你們用了。」馮千靜當作沒聽見，他們這幾個剛剛才回來，她當然煮一人份啊！「有時間在這邊吵不會出去買喔！」

「妳煮的聞起來比較香！」夏玄允還在盧，「拜託啦！」

馮千靜不再回應，將平底鍋裡的東西往盤子裡倒，還不忘擺盤，擱在托盤上後就準備端出去。

「讓開。」她向左看去，塞在門口擋路幹什麼！

夏玄允連忙閃開，看著香味撲鼻的佳餚從眼前經過，馮千靜直接走到餐桌邊，郭岳洋正在那兒埋首寫著「都市傳說社」的紀錄木。

「喂，你們當眞啊？已經開始查了？」馮千靜將托盤擱上餐桌，「你們眞的很會把所有事情都跟都市傳說連在一起耶！明明就很單純。」

「可是她不見了啊！還是密室喔！」郭岳洋邊寫邊抬頭，「妳想想，妳房間的栓鍊門著，但是妳不見了。」

「窗戶。」馮千靜斬釘截鐵，執起叉子開始捲麵。

「五樓耶！」郭岳洋用筆戳著臉頰，「不太可能！」

「有技巧的話並非不可能啊！」馮千靜挑了眉，「如果是我，從窗戶看到樓下有人在監視我喔，我就算住五樓我也會立刻飛下去扁他一頓，壓制到他求饒！」

郭岳洋微蹙起眉，有點難受的看著她，只是聽她說到「壓制」兩個字，全身上下不由得都痛起來了！

前些日子他被「紅衣小女孩」的都市傳說波及，導致睡不好、體力喪失，幾乎在鬼門關走了一趟回來，好不容易恢復健康，馮千靜卻討厭他病懨懨的樣子，認爲躺在床上休息不是辦法，應該要活絡活絡筋骨，所以……就拉著他「訓練」了。

別看眼前這個女孩看上去清麗，她平常在校是邋遢得不得了，總是穿著寬鬆的衣服遮掩自己的身材，一頭蓬髮捲頭能搞得多亂就多亂，走在校園時總是低垂著頭盡量不跟人照面，還找副特粗的眼鏡遮去自己的臉，形象就完全是個邋遢內向女。

但是，她絕對不是外表看得這麼簡單啊！嗚……想到這裡，郭岳洋扭扭肩胛骨，好像又疼了。

「又不是全世界每個女生都是格鬥競技者！」夏玄允拖著步伐走來，「我要是也這麼厲害，我還等對方守在我家樓下？一發現跟蹤我回身就打下去了吧！」

馮千靜點頭如搗蒜，還比了個讚，「對，哪給對方跟到我家的機會！」

是的，馮千靜，人完全不如其名，是女子格鬥家，在競技場上以「小靜」爲名，是新生代的佼佼者，論技巧論美貌論身材，都是備受矚目的新星！就是爲了隱藏眞實的自己，她選擇宅女扮相，不想讓任何人發現！

但是，千料萬算想不到，郭岳洋偏偏是個格鬥迷，對女子競技家更是瞭若指掌，怎麼可能不知道美貌與技巧兼具的「小靜」！初認識馮千靜時就發現端倪，爾後不管馮千靜再會藏，也逃不過粉絲的法眼……也就是因為這樣，她也就不「藏私」的與他們一起「鍛練」。

「問題是余筱恩不是格鬥家。」毛穎德大方的坐下來，手上居然還拿著空盤跟叉子，誰叫馮千靜不只格鬥強，連廚藝都是一等一的啊，聞聞那白酒蛤蜊麵……嘖嘖，「只要是成年男子，很容易將她擄走。」

「可是要怎麼從五樓把她擄走？而且沒發出尖叫聲？」夏玄允立即反駁，「我有預感，這絕對是都市傳說！」

「是跟蹤！」這廂異口同聲了，毛穎德跟馮千靜一同否認，明擺著是跟蹤變態案子，怎麼會跟都市傳說扯上關係？

馮千靜很滿意有人跟自己站同邊，立刻大方的把盤子裡的義大利麵分享給毛穎德，看著夏玄允口水直流。

「警方已經在調閱監視器了，很快就可以找到那個人是誰，雖然把女孩子從五樓擄走很難，可是如果在她昏迷的狀態或被威脅的狀況下也是可行的！」毛穎德說得條理分明，「再者，那種門栓鍊從外面可以輕易打開，說不定也能鎖上啊！」

馮千靜頻頻點頭，她覺得這件事顯而易見，現在要留意的應該是那一帶女孩子的人身安全，除了不要太晚回去外，也盡量有人陪伴；然後趕緊找到那個變態，越快越好，或許余筱恩還有活命的機會。

「不太可能昏迷不醒……」郭岳洋喃喃說著，「小靜沒看到現場，牆上跟地板都有帶血的抓痕！」

嗯？馮千靜蹙眉，想像著那畫面，低聲問著毛穎德，「帶血的？」

「嗯，像是有人在牆上抓刻，有的歪曲、有的不連續……還有拖很長的。」毛穎德想到那痕跡也不太舒服，「妳就想像她想扣住牆，卻被人往後拖……或是很痛苦在牆上抓的樣子。」

「你忘記說連鍵盤裡都卡著帶肉的指甲，一整片喔！」夏玄允說得高昂，扳著自己的指甲面，「一整片翹起來耶！」

不好。馮千靜在心裡想著，嫌犯只怕是相當暴力的人，失蹤的女孩在失蹤前飽受了苦楚與凌虐，所以有傷、所以十指帶血、所以在牆上掙扎……掙扎的下場通常都不會太好。

既然如此……為什麼沒有人聽到怪異的聲響？這種狀況應該是碰撞、嘈雜、尖叫聲四起啊，同層樓的人不可能聽不見，除非——馮千靜愣了一下，她剛剛腦子裡居然出現「都市傳說」四個字。

可惡的夏玄允，不要對她洗腦！她不想再碰到任何有關「都市傳說」的東西了！但爲什麼「都市傳說」卻好像無所不在啊？

電鈴突然大作，四個人紛紛往大門看去，他們四個都在家，星期假日是誰會來訪啊？

「我沒人找。」馮千靜聳聳肩，繼續回過頭來吃麵。

「我也沒有。」毛穎德八風吹不動，「欸，妳下次教我煮吧，很好吃耶！」

唯一站著的夏玄允自然走近了對講機，瞇起眼看著螢幕裡的人，愣了一下，「林詩倪？誰跟她約？」

林詩倪？所有人再一次回頭，每個都搖首，沒人跟她約啊！之前林詩倪跟一些同學的確有到他們這裡討論過別的「都市傳說」，自然知道他們家的位子。

「喂！林詩倪！」夏玄允拿起對講機說著，「什麼事這麼急的跑來？」

林詩倪還沒開口，有個人突然把她拉到一旁，臉就塞在鏡頭前大喊著，「拜託開門，你們不是那個什麼『都市傳說社』嗎？我女朋友的事你們有沒有眉目!?」

二話不說，夏玄允絲毫沒經過腦部思考就按下開門鈕。

「是那個女生的男友，想來問都市傳說的事呢！」夏玄允一回頭就眉開眼笑，「快點收一收，給客人坐！」

「夏玄允！」馮千靜不耐煩的端起托盤，「無緣無故讓人家進來做什麼啦！我又不想在我房間吃！」

「妳害羞喔？又不是沒見過林詩倪！」夏玄允還一臉無辜，「妳現在這模樣也很OK啊，又沒破功。」

毛穎德推了他一把，馮千靜已經越來越排斥「都市傳說」，今天又是難得假日，她在家裡不想過度偽裝，現在突然跑來外人，自然讓她心煩。

「我們到客廳茶几去吃好了……那個頭髮會放下來弄亂，還有眼鏡！」毛穎德索性幫她端起托盤，「夏天，你不要太快開門喔！讓馮千靜有時間偽裝一下！」

馮千靜邊走邊瞥向夏玄允，凶狠的眼神自動透過空氣翻譯：你等一下就知道了！

幾秒鐘的兵荒馬亂，大家終於定位，若不是馮千靜堅持不在房裡吃東西，她也不需要這麼辛苦的窩在客廳用餐；幾分鐘後屋子裡多了林詩倪、阿杰跟洪偉庭，他們自然的被請到一進門一點鐘方向的寬大餐廳坐下，靈巧的郭岳洋已經放好開水。

「抱歉，不是故意要吵你們的！」洪偉庭還算有禮貌，看向十點鐘方向茶几上的兩位，再轉向夏玄允他們，「但是我很擔心筱恩的安危。」

「不會，歡迎歡迎！」夏玄允的音調太飛揚，身後的郭岳洋默默戳了他一下，夏天總會高興到失控，但他的喜悅來自於接觸到「都市傳說」，絕對不是幸災樂禍！

林詩倪看著客廳的馮千靜，微微一笑，「嗨！馮千靜！毛穎德！」

「嗯！」馮千靜頷首表示知道了，捧著她的麵繼續用餐。

「嗨！」毛穎德微笑著回應，「妳……跟失蹤者認識啊？」

「她是我麻吉！」林詩倪認真的點頭，毛穎德心裡想的是：妳也太容易跟「都市傳說」扯上關係了吧！

洪偉庭一坐下就焦急的問關於「都市傳說」的事，郭岳洋負責解說，還拿出列印下的A４紙，證明網路上還存在著那個紀錄，當初說樓下有男人的女孩子真的沒有再出現過。

「這件事有上新聞嗎？」洪偉庭喉頭緊窒的問，「也是失蹤案？還是……」

「我們在查了，傳說嘛，年代久遠而且網路傳來傳去不確定起源地。」夏玄允目光灼灼的望著他，「那個……警方那邊有發現什麼線索嗎？」

聞言，洪偉庭雙拳緊握，身子微微顫抖。「監視器拍到了，正在追查……可是，卻看不清楚那個男人的樣子！」

「爲什麼？」郭岳洋立刻好奇的問了，「畫質太差嗎？」

「不，很詭異……連遠方的車牌都拍得一清二楚喔，可是卻看不清那個男人的樣子。」阿杰接口，「我也一起看了兩次，警方本來是要我們看看有沒有印象，但是根本什麼都看不出來。」

「對方戴著鴨舌帽，穿著體育外套，連年紀都看不出來。」林詩倪聲音帶著哽咽，「根本無法辨識清楚。」

連車牌都能清楚拍下的狀況，怎麼會看不清五官呢？毛穎德心裡暗忖著，或許是帽簷遮去了光線，畢竟有光才能看見東西。

「應該是帽子吧？」郭岳洋想了想，「鴨舌帽很容易遮去視線的。」

「不！」洪偉庭忽然激動抬首，「那個人甚至抬頭看向了監視器！」

什麼？現場陷入一片沉寂，馮千靜連要入口的麵都停凝了幾秒，面對監視器？該說是糊塗還是膽大妄爲呢？如果這個人眞的是綁架犯，敢這樣看著監視器也太威了！

不，剛剛他們說什麼來著？沒有人能清楚辨識他的五官！

「這就不對了吧？既然正面對鏡頭，怎麼會看不出五官？警方的系統應該可以更清楚的描繪出來吧？」毛穎德忍不住起身加入討論，這太離譜了。

「試過了，糊成一片，那個人像是……」洪偉庭擰著眉，臉色凝重的以手掌在自己臉上劃了圈，「沒有五官似的，我們只看得到他的眼睛，發光似的望著……警方有讓我拍了幾張，你們看！」

他遞出手機，模糊不清，但的確可以隱約看見穿著與身高。

夏玄允嘴角上揚了三十度，露出沉醉的眼神，郭岳洋留意到之後也瞭然於胸，這還能是什麼？當然是「都市傳說」了對吧！

「而且窗戶內外沒有鞋印，只驗出余筱恩一個人的指紋，照理說如果從窗戶進出好歹要有痕跡吧！」林詩倪邊說邊微顫，「而且監視器只拍到那個人在樓下的樣子，然後他便進入監視器的死角……後來也沒有拍到他離開的樣子。」

如果，對方真的是將余筱恩綁走，監視器勢必會拍到他拖著或抱走余筱恩的模樣吧？那條巷子是條死巷，余筱恩的窗戶也恰好對著巷子，沒有別條路可以走！

「這就是我想請你們幫忙的原因！這怎麼想都不尋常啊！」洪偉庭忽而又激動起來，「林詩倪說你們對都市傳說很有研究，所以我……」

「那當然！」夏玄允趾高氣揚的劃上可愛的笑容，連郭岳洋都忙不迭站起，「因爲我們是——都市傳說收集者！」

洪偉庭呆愣望著這異口同聲又氣勢十足的畫面，林詩倪忍不住掩嘴竊笑，她能理解洪偉庭現在的感覺，第一次看到時她只覺得自己是不是找錯人幫忙了！

「我就說他們很有熱情的！」林詩倪上前拍拍石化的洪偉庭，「總之筱恩的事太離奇了，門上的門鍊、沒有人出入的窗戶、只進不出的男人，她到底怎麼了!?」

「慢慢慢，不要這麼急。」夏玄允慢條斯理的說著，「我們是都市傳說社，熟悉都市傳說，但不是靈媒喔！何況也不是每個都市傳說都可以破解。」

跟遇到裂嘴女時用髮膠逼退可不一樣，「樓下的男人」是嚴重等級的都市傳說。

洪偉庭聞言心頭一涼，頹然的靠上椅背。

「可是還是能想辦法吧？上次遇到紅衣小女孩時，你們最後也是幫忙解開了啊！」林詩倪焦急的說著，望著夏玄允跟走來的毛穎德，「你們救了大家……和郭岳洋。」

夏玄允尷尬的與毛穎德四目相交，大家都以爲紅衣小女孩的事已經破解，但事實上都市傳說就是都市傳說，還是別告訴林詩倪事實吧！唉！

「我們會努力去尋找蛛絲馬跡，所以……」夏玄允伸出手，掌心向上，「我需要余筱恩失蹤前傳的ＦＢ跟所有LINE的訊息。」

來人們愣了幾秒，立刻火速交上手機，林詩倪在星期四凌晨的確接受到了大量的LINE，洪偉庭則是一堆未接來電。

「整件事眞的有點怪，不說別的，光看她房間就知道經過不小的打鬥，居然沒有人聽到？」毛穎德對那房間的狀況印象深刻。

「大家沒留心吧！」夏玄允始終掛著微笑，「或許說，正常人聽不到！」

毛穎德忍不住睨了他一眼，幹嘛又把「都市傳說」往鬼魅之談引過去！雖然都屬於非人，可是這樣連結只會讓人更不舒服罷了。

客廳的馮千靜囫圇吞棗的用完餐，她現在只想快點回房間去，實在是不想再聽下去了！

人總是有好奇心，再聽下去她也會想抽絲剝繭，然後越陷越深，接著又會發生不可抗力或是她自己控制不了的事，受傷、冒險……她上星期回家已經被家法處分了！

身爲格鬥競技者，怎麼能拿身體開完笑啊！

「但是余筱恩的對面鄰居有養一隻貓，那隻貓聽見了！」林詩倪趕緊補充說明，「她說她的貓曾經很警戒的到門口，還抓門板，彷彿外面有什麼威脅！」

「貓？」郭岳洋雙眼一亮，「貓耶！」

傳聞中貓狗都能看見人類肉眼瞧不見的東西，格外敏感，更別說動物本來就相當敏銳，有陌生人來訪總是很快知曉。

「知道她的名字嗎？我想再去問問。」夏玄允積極的問。

「有有，我有跟她交換LINE！」林詩倪回應著，可是她忘記了，正忙著找手機資料。

「陳怡蓉，大四學姐！」洪偉庭倒是記得清楚！

「陳怡蓉？」冷不防的，路過他們身後的馮千靜煞住了車。

毛穎德即刻看向她，「妳認識？這名字很普通耶！」

「日語系的嗎？」馮千靜刻意小小聲的說著。

「對！對！」洪偉庭坐在位子上回首，看著馮千靜覺得奇怪，這個女生幾乎都看不見臉了。

「沒啦，我們大一英文修同堂，她不常來，都跟我借筆記還有問什麼時候考試。」第一堂課就坐在隔壁，那個學姐很大方的就找她攀談，劈頭就說她不會太常來上課。

「大四修大一英文？」毛穎德很快突破盲點。

「嗯……」馮千靜聳了聳肩，就、就那樣嘛！「所以是那個學姐喔，她就住在那裡？」

「世界好小喔！」林詩倪微咬了咬唇，「就是她的貓有反應，可是她忙著打電動，所以就沒有在意。」

馮千靜淺笑著，逕自端著用畢的餐具前往廚房。

「知道是幾點嗎？說不定可以抓出時間！」毛穎德很快的反應，「貓都是有狀況時才會呈警戒狀態，至少可以知道第一個時間點。」

「她說好像是一點半左右，很晚了！」洪偉庭接口，「因爲貓的叫聲讓她緊張，擔心吵到別人，所以特地看了一眼時間。」

「一點半……」郭岳洋立刻察看他們的手機，「余筱恩最後一則LINE，時間是一點三十八分。」

裡頭的馮千靜忽然放下手裡的碗盤，滿是泡沫的走出來，林詩倪注意到她有點怪異，好奇的多看了眼，「怎麼了嗎？」

「你們剛剛說，陳怡蓉的貓又叫又抓門板？」水聲雖大，但她好像聽到這段對話。

「對，貓是弓起背的警戒，朝著門板低吼，還去抓門板，所以她焦急把牠抱離……」洪偉庭搖了搖頭，「可是她很快又戴耳機打電動了，所以沒有聽見！」

如果她沒戴耳機的話，就眞的會聽見嗎？夏玄允思考著，他不以爲然。

「那麼……」馮千靜皺起眉，「外面那個人……難道不會聽見貓的叫聲嗎？」

陳怡蓉潛意識瞥了一眼電腦右下角的時間。

一點半，她蹙起眉摘下耳機，不知道爲什麼這幾天這麼留意時間，是因爲對面那個女生失蹤了嗎？

想到自己這層樓有女生疑似被綁架卻無聲無息，就讓她有點毛骨悚然。

那天她被警察問話時也好奇的看了一眼對面的房間……早知道就不看了，裡面感覺很可怕，她看見牆上的帶血抓痕，凌亂的場景，腦子自動浮現畫面：那個女孩被人挾持反抗，在房裡掙扎纏鬥，撞倒了所有桌子衣櫃及物品，但是卻依然被抓住，所以她扣著牆想求救，然後就變成……斷裂的指甲、磨破的手，死命的抓攫。

她忍不住打了個寒顫，雖說這裡是水泥磚牆實心牆面，但看那房間的痕跡，總覺得她不該什麼都沒聽見啊！

如果眞的什麼都聽不見，那她……萬一有心人士是針對找她，她不就傻傻的什麼都不知道，只會坐在電腦前？

越想越毛，她應該要去朋友家的……或是至少找伴過來，不然一個人住在這裡，總覺得不安心。

「喵——」原本在膝上的貓倏地抬起頭，二話不說就跳下去了。

「小可？」陳怡蓉錯愕的回身，發現小可身體僵硬弓起，尾巴直豎，伏低身子，低吼聲自喉間傳來。

不會吧……陳怡蓉打了個寒顫，又來了？

貓一步步的往門的方向前進，一副步步爲營的樣子，雙眼瞬也不瞬的瞪著門板，警戒提高，低吼聲不斷。

「小可！別鬧！」陳怡蓉用氣音說著，卻彷彿黏在座位上起不來。

貓兒根本沒聽她的話，倏地伸出貓爪，開始往門板上抓，這場景與那天一模一樣，反而嚇傻了陳怡蓉！外面有什麼嗎？爲什麼小可要這樣？

陳怡蓉不由自主的盯門下的縫瞧，小心翼翼到門邊關掉房間的大燈，只留下書桌燈，就在關掉的同時，她赫然發現門下居然有陰影！

有人？陳怡蓉瞪圓著眼後退，小可還在抓著門板，喵嗚喵嗚的叫著。

噠噠……她聽見了！腳步聲在她門前傳出，是誰？501的？還是對面女生的朋友？可是現在一點半了，誰會上來啊？

不對啊，五樓的鐵門跟木門不是都已經關了！501剛剛還來敲門問過她是不是可以關起來了！

她剛剛戴著耳機什麼都聽不見，會是501放人進來還是他們進出嗎？他們那對常常會出來把垃圾擱在走廊上也是司空見慣的事，不要慌！不要……可是，如果是501，小可不會這個樣子啊！

牠在警戒，牠覺得外面的人是威脅！

陳怡蓉躡手躡腳的往前將小可抱走，全身都在發抖，那天晚上也是這樣，但是、但是對方並沒有對她怎樣對吧？所以她要如法炮製。

「小可噓！很、很晚了！」她的聲音有在抖嗎？陳怡蓉盡可能的維持自然，「妳不要吵，噓！」

她將貓由後抱起，害怕的她緊緊將貓抱在懷裡，僵直著身子瞪著門縫底下，現在看過去並沒有什麼陰影了，或許、或許只是沒有人站在她門口，對方只要靠近503的門前她就不會知道。

這裡的門沒有貓眼，她連窺探的機會都沒有。

不會的！不關她的事，也沒有人跟蹤她啊，503的女孩的確很可憐，聽說在臉書上寫了回家被人跟蹤，那個人還守在樓下！

她由衷希望那女孩平安，對於沒有聽到動靜她也很內疚，但是她眞的不知道會發生事情。

「喵嗚！」小可似乎感受到緊窒，開始掙扎，「喵！」

「噓噓噓！妳不要吵啊！」她輕聲對著小可說，「沒事的！沒事的！」

沒事嗎？陳怡蓉溫柔的撫摸著小可的背，想要忘掉一切趕快睡覺，她關掉遊戲，準備就寢，卻能感受到懷裡的貓正用那紡錘般的細瞳仁死死瞪著門板。

「不要再看了。」她用氣音對著貓告饒，「妳這樣我會很害怕！」

小可彷彿聽得懂似的，瞥了她一眼，卻繼續瞇起那對金色貓眼，盯著門板瞧。

陳怡蓉根本無法放鬆心情，她這樣連睡都不能睡……重新下床，她在門前的踏墊上來回蹬步，覺得根本是自己嚇自己，她必須找個讓自己安心的辦法——確認。

開門太冒險，雖然她覺得這也是多慮，但還是要讓自己處在安全的範圍內，她小心翼翼的確定房門鎖好，上頭的栓子也閂上了，然後做了幾個深呼吸，卻幾乎能聽見自己心跳的聲音。

砰砰砰砰砰砰

不要怕！妳想太多了，陳怡蓉！

咬著牙，她一骨碌趴上地上的巧拼墊，偷偷的從門縫下望出去——如果有人眞的在門口、就算遠離她門前停在503門口，從門縫下看絕對無所遁形！

只要看到有鞋子在那兒她就報警！不管對方是誰，她總是要爲自己的安全——陳怡蓉瞪圓了雙眼！

爲什麼有另外一雙白亮的眼睛，正與她四目相交呢！

「呀——」

第三章 近身窺探

好夢正甜，卻有股聲音不停不停地在耳邊響著似的，馮千靜以被矇頭還是如同餘音繞樑三日不絕般的迴盪，疲憊的她搞不清楚是做夢還是眞實，只知道吵得她無法沉睡！

「天哪！會不會太扯！」她氣極的把棉被掀開，緊皺著眉看著昏暗的房間天花板，還這麼暗，天還沒亮吧！

翻身往床頭櫃上的鬧鐘望去，夜光鬧鐘顯示著數字：「五點三十二。」

她是個早睡早起的人，今天預備七點起來練習瑜珈跟拉筋，從未賴床，所以總是時間到才會睜眼……馮千靜緊擰眉心，隱約聽見那聲音還在，所以不是做夢！

音樂總是會停個幾秒，然後再響一輪，馮千靜遲緩的坐在床緣，豎耳聆聽，幾乎確定了那是夏天的手機，而且就放在客廳，還調最大聲！

而且都沒起來接是怎樣啦！馮千靜猶豫著是要塞耳塞還是要出去挖夏玄允起床接電話，但是十秒鐘後，當「家用電話」響起時，她就忍無可忍的跳起來了——「夏玄允！」

唰地拉開房門，還沒繼續嚷著腳就踩到了滑不溜丟的東西，害得她差點滑倒！

同時間，右手邊的房門也拉開了，「吵什麼啊！誰的手機哇──」毛穎德一腳也踩上滑溜的東西，及時用手扣住門緣才沒有向後倒去。

馮千靜才穩住重心，看著腳下的A4透明卷宗夾，放在門口是想謀殺嗎？這要一腳踏出來很容易滑倒的啊！

家用電話停了，但手機卻還在響，令人煩躁透了，馮千靜拾起卷宗夾後往餐桌走去，毛穎德的房間離餐桌近得多，一把抄起電話，氣急敗壞的從音量鍵選擇靜音，然後殺向夏玄允的房間。

馮千靜披頭散髮的看著餐桌上的紙條，剛壓在手機下頭，看來夏玄允是故意的。

「夏玄允！夏──」毛穎德忿忿的拍著門幾下，「我進去了喔！」

毛穎德推開門往裡頭大吼，卻才喊個兩個字就沒了聲音，三秒後他退出房門，用很疑惑的眼神回頭看向馮千靜，她正揚著手裡的紙張，「他不在對吧？我看對面的郭岳洋也是。」

「郭……」毛穎德聞言，旋身往郭岳洋房間敲去，開門查探後果然空無一人。

兩間房間都一樣，收拾得乾淨整齊，床鋪折疊妥當，看起來根本就沒人睡過。

「什麼東西！」他睡眼惺忪的走來，還打了個呵欠，一把抽過馮千靜手上的紙，「這兩個……去……西郊？他們去西郊!?」

伴隨著分貝提高，毛穎德大概也醒了，馮千靜也跟著打呵欠，拉開就近的椅子坐下，她腦子還混沌著，往桌上趴著就想繼續睡。

「去找都市傳說的起源地？當初推特傳說是從這邊發出來的，那個女孩住在西郊……這兩個是瘋了嗎！」毛穎德邊罵邊把紙往桌上一拍，「居然還趕半夜過去！」

他們的W市位在國家東邊，西郊是無法當天往返的距離！

「你又不是不知道這兩個逼近瘋狂……」趴在桌上的馮千靜幽幽的說，「去查也好啊，說不定一切都是惡作劇，我們都遇過了，所以我也不是唱反調，但這件事眞的很像變態跟蹤。」

「唉！」毛穎德搔搔頭，「就算變態跟蹤也蠻可怕的，他們愛查就讓他們去吧！」

馮千靜挑了眉，「怎麼？擔心厚？」

毛穎德瞥了她一眼，「什麼擔心！他們都幾歲了……我只是覺得有點莽撞！」

「哎唷，明明就很擔心～夏天萬一出事怎麼辦？」馮千靜莫名其妙用很女孩子氣的聲音說著，「我當然能體會啦，那種掛心的感覺……」

「我爲什麼覺得妳的口氣很奇怪！」毛穎德嘖了一聲，把手機往桌面上甩，「他該獨立了……夏天本來就很獨立，我只是怕他一遇到『都市傳說』就橫衝直撞！」

「好SWEET！」馮千靜難得用嬌滴滴的聲音說著，準確的接到掃過來的手機，「誰奪命連環CALL啊？不對，他外出幹嘛不帶手機！可惡！」

「他是社長，大家有事都馬找他，叫我們打郭岳洋的電話，把這支留下來給我們接！」毛穎德沒好氣的唸著，眞的可惡！「是林詩倪打的。」

「才五點……」馮千靜頓了一頓，這才意識到不妙，「天哪！才五點半有什麼十萬火急？」

「我不太想看……噢，天哪！我想睡覺！」毛穎德頭低垂著哀鳴，「我今天十點才有課，我幹嘛這麼早起啊！」

他一邊哀嚎著，一邊用極度不耐煩的神情，還是拿過了馮千靜手裡的手機！馮千靜撐著桌面起身，打算梳洗，其實他們倆都心知肚明，這種時候的來電，十之八九沒好事。

「喂，林詩倪……有什麼……什麼？」從毛穎德的口吻變化，他們的預感沒錯。

馮千靜抓著卷宗回房，這也是夏天給他們的，從裡面抽出了幾張紙，全都是「樓下的男人」的相關傳說，也包含了郭岳洋從洪偉庭、林詩倪口中整理出關於余筱恩失蹤的前後細節。

沒忘附上一張手寫字條，請他們有空就看一下，不同的人看會有不同觀點跟角度，說不定能看出什麼蛛絲馬跡。

他們兩個眞的對「都市傳說」非常執著啊！只要有一點點相關，都先從那是都市傳說的角度開始查起；西郊距離W市如果搭車最快也要一天，看來這兩個這星期是不打算上課了！

「蛛絲馬跡咧，應該先查余筱恩最近有沒有追求者才對。」馮千靜拉起羽絨衣的帽子，天都還沒全亮，早上實在有夠冷。

「警察應該在查吧！」毛穎德正在發動機車，寒冬中要先熱車比較好，「現在麻煩的是連對門都出問題了……難得妳會想跟！」

馮千靜扯扯嘴角，戴上黑框眼鏡，「我剛好有講義要拿給學姐啦！順便去看一下到底是什麼事！」

毛穎德竊笑著，他知道送講義只是藉口，從之前郭岳洋出事時就不難看出，馮千靜遇到認識的人出事，就會無法坐視不管。

因爲502的陳怡蓉嚇得魂飛魄散，直指有人趴在她家門口，從門縫裡，偷看她。

還沒到那巷子樓下，就看見巷子口停著警車，不過看見幾個警察坐上車離開，便知道大概已經搜證完畢，毛穎德騎著新小毛閃避一旁，讓警車先離開這條死巷。

他們走上五樓時，502的房門是開著的，門外履舄交錯，不知道的還以爲這兒是在開趴踢咧。

毛穎德率先出現在門口，叩叩的敲著敞開的房門。

不大的房裡果然塞滿了人，看來陳怡蓉人緣不錯，才六點半許多同學都到了……不過，絕大多數都是男生。

「毛穎德！」林詩倪站在靠近門口的地方，她根本是沒位子擠進去吧！「你們總算來了！」

「妳電話吵成那樣，能不來嗎！」馮千靜冷冷的說著，掠過毛穎德身邊往前走去。

林詩倪怔了一下，有點尷尬的看向毛穎德，「吵到你們了？可是你們都不接電話……」

「小姐，半夜誰接電話啊！我還很想睡耶！」毛穎德也沒好氣的抱怨，「妳有點Sense吧，妳從五點開始打，誰五點起床啊？」

「我……我，可是夏天說二十四小時待機啊！」林詩倪有點委屈，「而且我傳LINE都沒人理我耶！」

「因爲人是需要睡覺的，OK？」毛穎德開始覺得有點難溝通了，「夏天把手機扔在家裡了，他回來前都不是二十四小時的，沒十萬火急拜託別打，記著了。」

林詩倪一臉不悅，明明是夏天說有急事立刻CALL，不管多晚都沒問題的啊！結果今天一出事她就找人了，卻遍尋不著，手機打幾十通，還打到家裡去呢！

「好啦，知道了！」她無奈的說著，「對了，洪偉庭說要跟夏天他們一起去西郊，要我轉告一聲。」

啥？他跟去西郊幹嘛？

「學姐。」馮千靜默默的穿過人海，往前遞過講義，「講義。」

陳怡蓉哭得眼睛都腫了，錯愕的看著突然出現的共同課學妹，眨眨淚眼措手不及，「那個……什麼靜……」

「馮千靜。」她把講義再往前塞，「妳的講義，老師說下星期有隨堂考，妳還是來一下吧。」

「噢，好……謝謝。」陳怡蓉完全無法反應，「妳怎麼會……」

「那個……」林詩倪趕緊跑過來，「她也是都市傳說社的！」

「噢噢噢——」現場眾人一致發出驚呼聲，「都市傳說社耶！超屌的！」

「都市……幫我！」陳怡蓉一聽見「都市傳說社」就激動的站起身，「他來了，那個人來找我了，他一定以爲我看到他，還是以爲我知道他抓走她，所以他跑來找我了！」

眞夠混亂的！馮千靜看著被緊抓住的手，可以感受到陳怡蓉至今仍在發抖，她默默的點點頭，回首瞥了毛穎德一眼，微蹙的眉顯現不耐煩，他倒是即刻了然於胸。

「人太多了，這樣太吵，請不相干的人離開吧！」他開始清場，「全部都離開，謝謝！」

「咦？」男孩子們有點錯愕失望，難得可以對喜歡的女生獻殷勤耶，「可是我們可以幫忙啊，而且怡蓉超害怕的！」

「我不想一個人！」陳怡蓉也立刻尖叫回應。

「妳不會一個人的，我們不是都在嗎！」毛穎德繼續把人往外拉，「人多口雜，麻煩一下！」

馮千靜反手握住陳怡蓉，用力的握著，她吸了吸鼻子點點頭，溫聲的請朋友們先出去，警方雖然來過了，可是她心裡太不踏實，滿腦子想的都是可怕的事……不正常的人、不正常的發展！

如果眞的是那個都市傳說，未免也太可怕了！

好不容易閒雜人等離開，房間裡就剩下毛穎德、馮千靜及林詩倪，不過左顧右盼覺得少了誰。

「阿杰呢？」毛穎德好奇的問，「不是都陪著？」

他們連「都市傳說社」都一起加入咧，上次紅衣小女孩事件後社員爆增，夏天可樂歪了。

「我沒吵他啦，他現在應該還在睡，不知道這件事。」林詩倪看向陳怡蓉，「是她傳LINE給我，我立刻就過來了。」

「……」馮千靜不解的望著她，「妳好積極喔，妳感染到夏天病毒了喔？」

「我想要跟你們一樣，多瞭解都市傳說，然後幫助遇到的人啊！」林詩倪說得熱血沸騰，「我之前就是因爲你們才活下來的！我覺得你們超帥的，所以我也要這樣幫助別人！」

夏天病毒果然在擴散，馮千靜沒好氣的搖搖頭，轉向陳怡蓉。

「究竟怎麼回事？」

一提起這事，陳怡蓉就打了個寒顫，林詩倪趕緊幫她說了前半段；從小可注意到外面有動靜開始，到她趴在地板上從門縫想偷看外面是否有人，卻赫然發現對方也正在看著她。

「四目相對？」毛穎德心裡暗暗哇了聲，雞皮疙瘩也主動竄起。

陳怡蓉點頭如搗蒜，雙手緊絞著，馮千靜輕搭著她的肩安撫；毛穎德突然打開木門往外看，正對面是503，走廊的寬度……並不到一個人的身高。

「妳看見一隻眼睛還是一雙？」毛穎德邊說立刻做狀伏趴下來，「如果一隻的話有可能是與走廊平行的姿態趴著，可是如果是一雙的話……」

「一雙！」陳怡蓉激動的回著，「我看得很清楚，那雙眼睛……白得像會發光似的，好白好白……」

一雙的話，那就必須正對著門縫。

毛穎德移動身子，面對著門板，但是他的腳根本沒地方擺，只能往上架在對面牆上，或是503的門板上。

他沒敢把鞋子往牆上擱，趴在地上轉了半圈回身，仔細看著白牆跟門上是否有任何印子。

「警察找過了，沒有鞋印或是任何痕跡！」林詩倪說著，「走廊上有一堆證物什麼的，頭髮毛屑，還要帶回去化驗。」

「脫掉鞋子就不會有痕跡吧？」馮千靜幽幽說著，「你試試！」

毛穎德聞言立刻脫掉鞋子，趴在地上將雙腳架上白牆，這樣的確就不會留下任何鞋印，活像倒立似的，只是……雙手趴在地上的他覺得很難受。

「你知道嗎，要兩隻眼睛都在門縫的話……我下巴要擺哪？」

所有人聞言望過去，馮千靜甚至蹲到了地板。

沒錯，一般大家趴在地上的話，應該是側臉貼地面，然後用一隻眼窺看，如果要兩隻眼都低到與門縫相當的話……下巴得到哪裡去？

「鼻子以下貼著木板，吊高眼睛嗎？」林詩倪邊說，毛穎德努力的邊做。

馮千靜讓林詩倪把門關起，她趴在地板上瞧著，外頭的毛穎德腰跟頸子都快閃到了，依然沒辦法瞧見他一雙眼睛……除非沒有下巴，或是下巴穿過地板，否則都不可能做到！

這個結論，只是引起陳怡蓉的惡寒。

她雙臂交錯搓著臂膀，全身不自覺的發冷，這樣說來，那個人、那個人不就是——

「學姐，妳先不要胡思亂想。」馮千靜忙不迭坐回她身邊，「然後呢？妳有看到那個人嗎？」

陳怡蓉慌張的搖頭，「怎麼可能！我當場嚇得就尖叫了，怎麼可能看見他的樣子……」

「妳沒開門看嗎？」馮千靜一臉錯愕。

這下子，換屋子裡的女孩們錯愕了，「馮千靜，如果是妳、妳會開門嗎？」

馮千靜一臉理所當然的模樣，才準備開口，毛穎德立刻插話阻止，「應該是說尖叫後可能對方嚇得跑走，或是聽到501跑出來後，就敢開門大喊。」

眞是……遇上正事，馮千靜就會習慣用自己的思考模式，入神而忘記僞裝了。

馮千靜一時還反應不過來，皺著眉覺得爲什麼毛穎德要插嘴。

「就算、就算有人出來了，我還是不敢開門耶！」林詩倪咬著唇說，「在房間裡面才最安全啊，開門萬一對方意圖不軌不是更危險！」

啊……馮千靜聽懂了，所以正常狀況她們都不會開門一探究竟就是了！說得也是，嚇都嚇死了！

「妳尖叫後呢？501有出來嗎？」毛穎德不讓這話題擱太久，「對方是不是立刻就跑了？」

陳怡蓉咬著唇搖頭，「我、我不知道……501是出來了，可是、可是……嗚！」

語不成串就算了，話沒說完居然埋首在掌心裡哭了起來！馮千靜忍不住露出不耐煩的神色，拜託先講完重點啊！

「那個……501說沒看到人……」林詩倪虛弱的說，「一聽見尖叫聲，對面的男生就衝出來了，他說沒有看到人影跑出去。」

毛穎德怔住了，「對方跑得比較快吧？一般說來人聽見有人尖叫後，會先愣住才出來，在這幾秒鐘對方就跑走了。」

「可是他們有追到樓梯間去耶，完全沒有腳步聲也沒有人影！」林詩倪趕緊補充。

眞是……越聽越不對勁啊！毛穎德跟馮千靜都心知肚明，怎麼聽都很詭異，如果說偷窺者跑得快就算了，沒穿鞋腳步聲可以降到最低，但是連人影都沒有就太扯了……

「如果我跑到四樓後貼門躲著呢？」馮千靜提出了意見，「這樣就算有人從五樓的樓梯扶板往下看，也絕對看不見！」

「那個，」林詩倪嚥了口口水，「501男生雖然遲疑了一下，可是他有下樓耶……追到一樓，完全沒有人影。」

馮千靜挑了眉，還眞是處處舉證處處碰壁啊。

「不過妳剛說的讓我想到一點。」毛穎德沉思著，「如果對方是這棟樓的人呢？假設樓下就好，他衝得快，回到自己樓層，再進自己房間，不需要在樓梯間奔跑，根本在501反應前就能躲好!!」

「咦！有道理啊……但是自己樓層的門呢？關起來會有聲音吧？」

「說不定有法可解！」毛穎德思考著，「我覺得這種可能性相當大！」

「對耶，如果把路線先設計好……」林詩倪也跟著答腔，眾人你一言我一語的，把偷窺者假設成同樓的人，就會有很多合理之處。

陳怡蓉聽著，眉頭只是越皺越緊，不知道爲什麼，如果是同一棟的人，反而更叫她害怕。

他們討論出一個方向，決定讓陳怡蓉去跟警方說，她報警說有偷窺狂，由於503才剛出事，警方原本就特別留意這兒，自然會多關心點。

「我希望這麼簡單。」陳怡蓉哽咽的說著，「可是我一直覺得，他是因爲503來找我的！」

「爲什麼？」馮千靜不解。

「因爲余筱恩失蹤那晚，小可也有一樣的舉動，又喵叫又抓門的，他一定也聽見我叫小可的聲音，會不會、會不會以爲我知道他來了？以爲我看見他？」陳怡蓉越說越激動，「就像電影裡被凶手發現的目擊者一樣，所以想要……」

「停停停！」毛穎德趕緊讓她鎭定，「陳怡蓉，妳門上沒有貓眼，妳也沒開門，不可能看見他的！」

「可是……」她被恐懼侵蝕著，草木皆兵。

「說到妳的貓……」馮千靜環顧四周，「怎麼沒看見？」

「咦？」陳怡蓉彷彿現在才發現似的，趕忙起身，「小可？可能剛剛人太多躲起來了，小可？」

房間並不大，不過貓咪要躲藏的話倒是綽綽有餘，就大家分頭幫忙尋找，櫃子前、後、連櫃子裡都要留心，牠可能藏在裡頭，陳怡蓉趴到床下，那個小可最可能藏匿的地方。

吵成這樣也沒聽見貓哼個半聲。馮千靜覺得奇怪，半夜外面來個陌生人就弓起背的貓，現在有三個陌生人在這兒、還在牠的地盤上，居然完全沒有現身，難道是俗辣貓嗎？

她繞到窗邊去，那兒有個挺寬大的縫隙，是個躲藏的好地方！只是她才跨過去，連彎身都還沒，突然直起身子巴庫向後看向了窗外！

陳怡蓉住在503的對面，窗戶自然不可能面對大門的巷子，而是面對後面那條小巷，而現在在兩台車子間、大樹下站了個戴著鴨舌帽的人影，仰著頭往上瞧！

唰啦！馮千靜二話不說推開窗戶探身出去，對方藏在大樹下看不清楚，最多瞧見半身而已，這讓她更加急著確認！

「馮千靜？」這一連串的舉動自然引起大家的好奇。

「噓……」她右手向右後方示意別吵，專注的探出半個身子，看著那在大樹下的身影，淺灰色的衣服，確定戴著鴨舌帽，而且正仰頭看著他們！

即使被眾多樹葉遮蔽看不清五官，但動作總是一清二楚，姑且不論是不是眞的在看陳怡蓉的房間，現在不到七點他站在那邊做什麼啊？

想起余筱恩發的ＦＢ，警方在監視器中調出來的畫面……樓下的男人，偷窺跟蹤的變態，要知道對方是不是，總得先面對面再說！

二話不說，馮千靜扭頭居然直接朝著門口奔了出去，留下一屋子錯愕的人們，根本沒人知道她看到了什麼，怎麼突然往外衝了？

「是小可嗎？」陳怡蓉下意識恐懼的說，急著想往窗邊靠近。

「等等。」毛穎德先跨出一步順利攔下她，「我先看。」

他不認爲是貓，單純只是貓的話，馮千靜反應不會這麼大。

但是毛穎德不躁進，他刻意離窗子一段距離，以假裝關窗爲掩飾，悄悄的往樓下看過……嗯？誰？在樓下一點鐘方向的大樹下，眞的站了一個人！

而且明顯得幾乎都站在路上，仰著頭望著他——樓下的男人？

他立即把窗簾拉下，要求陳怡蓉不要靠近窗邊，這些舉動讓女孩子們驚恐莫名，到底發生了什麼事？先是馮千靜、現在是他？

「窗外有什麼？」林詩倪焦急的問。

「不該去看的東西……」他轉向陳怡蓉，「不是妳的貓，妳放心好了。」

「那、那……」陳怡蓉哽咽的咬唇，「那我們現在？」

「我們等馮千靜回來，誰都別離開，都在這裡陪妳。」毛穎德爲陳怡蓉打強心針，開什麼玩笑，如果樓下那個戴鴨舌帽的傢伙眞的是「都市傳說」，更不能留下陳怡蓉一個人在這裡！

林詩倪有點緊張的握著手臂，向後靠在敞開的門板上，上一次遇到紅衣小女孩時，她有一點點感覺馮千靜遇到緊急狀況時，速度都很快，今天更是開眼界了，根本反應不及她就已經衝離了。

幾乎是把五階當一階跳的馮千靜早就衝出了這棟樓，還記得把樓下大門關上，避免嫌犯有機可乘，她花了兩秒判斷方向，這條是死巷，要到陳怡蓉窗戶對著的那條巷子得到下個巷口！

爲什麼不打通啊！這樣她哪追得到！

出了死巷左轉再左轉，拼全力的跑到底後再左轉，雙眼一邊留意著陳怡蓉住的那棟公寓，計算角度的話……這邊右轉！就是這條！

馮千靜一進那條巷子就看見那棵大樹了，一路直殺過去，樹下卻早已無人煙。

「可、可惡！」她微喘著氣，原地轉著圈環顧四周，不管哪個方向都沒有剛剛瞧見的人影，最多就是晨起運動的阿公阿嬤們，悠閒的在巷子裡散步。

人呢？他知道她會來嗎？「有本事偷窺就不要跑啊！」她忍無可忍的喊了出來。

她重新站到剛剛看見的位子，抬起頭往十一點鐘上方的公寓五樓、陳怡蓉的房間看去，哇，這個視力要四點零才看得見吧？這樣子根本什麼都看不到啊，難道已經變態到只要看見窗戶就會滿足？

除非陳怡蓉站在窗邊，否則根本不可能看清楚耶！

口袋裡的手機震動著，她不忘留意後面跟周遭，才接起來，「喂！人不見了！」

同時，五樓的窗子打開，毛穎德出現在窗口朝她招手，她瞇起眼揮揮手，如果探出窗外的確是可以看見人，熟悉的話就很好認，不過她視力一點八耶，五官根本看不清。

「剛剛就站妳的位子啊！」毛穎德拿著手機問著，「有看到他跑走嗎？」

「沒有，我沿路都沒看見，好像在我來之前就走了似的！」她隻手扠腰，「可惡，搞得好像他知道我要來似的！」

嘖！毛穎德有點後悔剛剛不應該先把窗簾放下，應該在窗邊盯著的，至少能看到他從哪邊跑啊！

「可能是我驚動他了，妳剛一走我就到窗邊查看，看到他就把窗簾拉下了！」唉，他帶著自責，「抱歉，我想他應該是因爲這樣跑了！」

「呼……算了！你是爲了陳怡蓉，我這就回去了！」她不廢話的立刻掛上電話。

朝著窗邊的毛穎德舉手示意，他也做了個回來的手勢，看著馮千靜往回程小跑步離去。

「你說……看到誰？」陳怡蓉聽得一清二楚，用發顫的聲音問著。

啊！糟！毛穎德關上窗戶，切實的鎖上，再拉上窗簾回身，「不要激動，我們只是看到也有個人戴著鴨舌帽、站在樹下，所以馮千靜想去一探究竟……」

「樓下的男人？真的是他！」林詩倪即刻反應爆出口，「天哪！他才帶走筱恩，現在盯上陳怡蓉了嗎？」

「不要亂說！」喂！毛穎德連忙阻止她亂開口，「我們沒看到、沒談話都不確定，現在是晨運時間，說不定只是運動的人！戴鴨舌帽穿運動服的人很多！」

「可是……」林詩倪慌亂的轉著眼珠子，「那模樣……就、就跟監視器裡的很像！」

陳怡蓉搖著頭，突然回身手忙腳亂的把重要東西扔進包包裡，她不要待在這裡！

「我沒有惹到誰，那個什麼都市傳說為什麼要找我？我眞的什麼都沒看見！」她朝空中大喊著，「不關我的事啊！」

「現在什麼都還沒證實，不要自己嚇自己！」毛穎德低吼著，「就連對面的失蹤案，警方也都還不能確定不是嗎！」

陳怡蓉哪聽得進這麼多，她只知道半夜有人在門外偷看，傳說中樓下的男人跟蹤後守著，後來這些女孩都沒消息了！

她抓著東西就往外衝，林詩倪並不是故意要嚇她的，她只是直覺、一直覺得這一切都不正常，從筱恩的失蹤案開始就不對勁了！

「等等，妳要去哪裡？妳現在落單也不好吧？」林詩倪連忙拉住她，「我剛剛只是隨口說的啦，還不能確定剛剛那個人是誰呢！」

「我就是不想待在這裡，我……小可！小可！」陳怡蓉沒忘記自己的貓，不能把牠扔下來，「小可，媽媽要走了！快點出來！」

她喚著，貓咪並沒有回應，急著到處尋找，能跑的地方就只有這些，難道牠跑離五樓……了嗎？

一個轉身，陳怡蓉望著地板時愣住了。

她的對面，503的房門下方居然滲出深紅色液體，從門縫下緩緩的流出。

「什麼……天哪！」兩個女生一秒後退回房間，「裡面不是沒人嗎？」

「怎麼了？」毛穎德掠過她們往前，一見到滲出的液體就愣住了，「退後……退後。」

不必他交代，林詩倪跟陳怡蓉早就已經鑽回房間裡了。

毛穎德回身抽過幾張衛生紙，避免自己指紋沾上，沒意外的話，房門應該是沒有鎖，因為現在還在偵查中……

啪啪啪！足音上樓，馮千靜推開五樓大門而入，「……你幹嘛？」

才踏進公共區的玄關，就看見毛穎德緊繃的面對503號門，他轉頭對她比向地板，馮千靜立刻疾步走了過來。

手心墊著衛生紙，小心的罩在喇叭鎖上，再緩緩的轉開……馮千靜就陪在他身邊，注意著所有動靜，當喇叭鎖轉到底時，他們交換了眼神，開始仔細謹慎的推、推……有東西！

門後有阻礙，並不沉重，但確定有東西就在門板下！

馮千靜即刻旋身進陳怡蓉的房間裡，拿過擱在牆邊的掃把，以備不時之需。

毛穎德繼續推開房門，感受得到門後的物體被門往後推移，阻礙一直都在，直到門縫開啓約二十公分時，馮千靜握拳示意停下，她打開手機手電筒的燈光，準備往裡頭探照。

毛穎德覺得危險本想阻止，但是馮千靜動作永遠迅速，已經朝裡頭照去。眞不知道她是膽子太大，還是眞的無所畏懼，這種情況萬一是裡面有躲人那怎麼辦……對啦，她是格鬥競技者，反應絕對異於常人，可是還是太冒險了！

馮千靜明顯的皺起眉，眼尾朝他瞥過來，暗暗的搖搖頭，這是大事不妙的表情，不過她沒跑沒動作，就不是威脅。

「貓嗎？」他嘆口氣。

「不完整的。」

毛穎德嚇了一跳，跟著探頭往門縫去——一隻分成數塊的貓屍，分佈在木板地上。

馮千靜點點頭，陳怡蓉聽聞即刻走出來，「小可？妳是在說我的小可嗎？」

唉！馮千靜倏地用指尖推開門，「小可」直接因門板的推移，被推到了視線可視處，即使503號房沒有燈光，單憑藉著廊上的燈，依然可以清楚的看見牠。

陳怡蓉瞪圓雙眼看著自己養的貓，根本不完整的散落在503的地板上，貓頭滾

在一旁，身軀四分五裂，內臟肚腸橫流一地，悽慘的死在503。

「……哇啊！哇——」陳怡蓉驚恐的尖叫著，踉蹌的向後跌進自己房間，剛好趕上的林詩倪及時攙住，她看見被分屍的貓，頓時腳也跟著一軟，與陳怡蓉雙雙癱軟在地。

毛穎德伸手往503牆面找到電燈開關，將燈亮起，方能瞧見那隻貓的慘狀，小可早被四分五裂，已經因著門板的推開，離門數十公分遠，新鮮的血痕拖曳在地，清晰可辨。

有別於一旁的哭聲與尖叫聲，毛穎德跟馮千靜只是盯著地板上的貓屍，他們首要留意的並不是貓是誰殺的，重點是——貓屍剛剛緊貼在門後。

如果從外面放屍體，絕對不可能讓貓屍緊貼著門，絕對會有縫隙，要能這樣存放，只有從房裡置放才做得到。

那麼，是誰放的？

第四章 夜半足音

貓屍本來是毛穎德要幫忙收，但是想到那裡是余筱恩失蹤的現場，還是應該通知警察一聲，他私下打給章警官，這位警官幫他們過好幾次筆錄，也已經交換了LINE。

最後是章警官帶夥伴前來檢查鑑識，無人的房間莫名其妙放進貓屍，貓屬於對門住戶，死狀甚慘，不是被肢解而亡，就組織裂口判斷，牠是被活體撕開的。

第一現場就是余筱恩的房間，在浴室的地板有著血跡，接著再把屍塊扔到門板後面，門後的血跡拖曳是毛穎德推開門時造成的，並非原本就在那兒，所以貓屍是被刻意放在那兒的。

待殘餘的血液自門縫下流出，自然會引起注意。

但是章警官更不解的是：誰殺了小可？誰進出余筱恩的房間？放了屍體後是怎麼離開的？

凌晨陳怡蓉報警開始的這段期間，難道503裡有人而外頭忙碌的警方跟其他同學都渾然無所覺？

『能找得到那個人離開的方式，說不定就知道余筱恩去哪裡了！』夏天的LINE看起來格外刺眼，也格外眞實。

他幾乎已經認定這是「都市傳說」了。

他跟郭岳洋順利抵達西郊，先在那邊租了車，再找普通旅館住宿，興致勃勃的告訴他們，表單上列出了當年的失蹤清單，當年「樓下的男人」都市傳說傳出之後，居然不只一件失蹤案，時間密集、地方密集，讓他們簡直樂壞了，打定主意每個失蹤案發生之處都要探訪。

他們當然不知道學校這邊事件未止，不過聽完後倒是異常安靜的掛上電話，半小時後才傳了這麼一個簡訊過來。

這不是廢話嗎！現在就是在找余筱恩去了哪裡，馮千靜感覺得出來夏天認定這並非正常事件了，她心底隱約也有些感覺，但是，都市傳說有多成這樣嗎？動不動就會遇到？

對，都市嘛，傳說一籮筐，但是集中在學校也太扯了，難不成傳說還會呼朋引件？再說，她相信變態比都市傳說更多，偷內褲的、跟蹤的、偷拍裙底風光的數也數不完，所以她依然抱持著這一切只是個變態……而且從色情變態進階到殺貓變態。

唯一要擔心的是，下一步會不會殺人？

下午兩點的課剛結束，馮千靜今天沒課了，帶著夏玄允給的透明卷宗，隨便買了便利商店的速食飯糰跟豆漿，找了學校一棵老樹的樹蔭下坐定，她打算來研究他給的資料。

她不得不承認，那隻貓死得太離奇了，林詩倪說警方初到現場時貓還在，也就是說貓被殺的這段期間，整個503滿滿的都是人，警方甚至還有打開503查看過！而且能把貓屍擺在那個地方，除了在房裡擺放外根本不可能辦到。

馮千靜有想到從窗戶遞送，就不知道警方有沒有留意這一點了。

卷宗裡都是以前關於「樓下的男人」的失蹤傳說，還有余筱恩失蹤前一星期的臉書或推特，她發表的文章不多，幾乎就是食物照、打卡、或是當日心情，今天好累、做了善事很愉快、感到幸福、覺得生氣這類的。

比較豐富的就是她失蹤那晚，跟打工的同事慶生，她拍了許多KTV中歡唱的照片，然後便是那篇「有變態跟蹤我！」

樓下的男人，她不免想到昨天在陳怡蓉窗邊看到的那一幕，她似是看見那個男人了，卻眞的看不清楚！沒有五官……不，不知道爲什麼她就是沒印象。

距離的確很遠，可是爲什麼她現在回憶裡彷彿當時面對著一張平滑的臉？

咦？馮千靜忽然僵直背脊，有視線！她清楚的感受到有人正在背後看她，不是普通的隨意注視，而是眞的盯著她。

身爲戰鬥者，怎麼可能不瞭解那種視線！

她立刻站起回過身子，梭巡著附近的人們，全都是來往的學生、說笑的情人、快步疾走像是要趕上課的男孩、踩著高跟鞋穿得超辣的正妹，也有閒步走著卻失神在想事情的人。

沒有人在盯著她，可是視線並沒有消失。

她離開大樹下，往校內柏油馬路上走了兩步，偏十二點鐘方向有個一閃而過的灰色身影，戴著鴨舌帽！

混帳！馮千靜立刻邁開步伐急起直追，居然跟蹤她？讓她抓到的話，一定先扭斷他的手……不對，應該先扭斷腳才對！

疾奔左轉，馮千靜卻一時失去了對方的蹤影，左顧右盼都是學生，已經瞧不見那個身影了！

同時，扎人的視線也的確消失了！

「可惡！」她低咒著，她已經算跑很快了，對方居然更快!?

如果每一次都玩這種你追我跑，她是什麼時候才能追得上那傢伙啊？不過……她緩步走回大樹下，如果對方真的也跟著她的話，是否表示不是什麼「都市傳說」，而是個貨真價實的變態？

拿起飯糰囫圇吞棗，要不是胡椒餅的攤子還沒出來，她才不想吃這種食物，李伯的胡椒餅三點出攤，第一鑊的胡椒餅最是好吃，接下來會因爲學生絡繹不絕，熟了就出爐，少了份通熱的香氣。

想到這兒，她嘴角泛起淡淡笑容，好期待三點噢……夏玄允不在，她覺得難得清淨，她有多久沒有隻身坐在樹下休息了，享受一個人的世界，靜謐無人打攪，而且……

「馮千靜！」尖銳的聲音闖入她一秒鐘前的完美世界，林詩倪亮著雙眼站在她旁邊，「妳沒課喔！」

「嗯。」她的笑容歛起，多了份無奈。

「我遠遠的看見樹下有顆黑色大蓬髮，想說可能是妳！」林詩倪一屁股坐在她身邊，馮千靜忍不住瞥了眼，她還要坐？「欸，陳怡蓉有沒有找你們？她希望我們去陪她耶！」

「陪她？她護花使者這麼多，犯不著吧？」要那麼多人做什麼？而且又沒多熟。

「她昨天住在她朋友家，可是今天她朋友的男友要來，所以不太方便，她得回去！」林詩倪看向她，「妳……」

「我沒空。」馮千靜立刻拒絕，「林詩倪，妳知道我是幽靈社員吧！我對

『都市傳說』並不是很感興趣的！」

林詩倪眨了眨眼，有些遲疑，「可是妳上次救了……」

「那是因爲我也撞見紅衣小女孩，我被追了啊！」馮千靜平靜的說著，「如果妳騎車被一個紅衣小女孩追，妳無論如何都會想要破解吧！」

林詩倪咬著唇，默默的點點頭，「我只是想說，如果妳方便的話……」

「我不方便。」她接得流利，「妳去找其他團員好了，毛穎德也免了，他加入社團是友情贊助！」

林詩倪皺眉不解，夏天跟郭岳洋都很熱衷也很熟「都市傳說」，可是上次出事時，她老覺得毛穎德跟馮千靜反而更加可靠！

「好啦，我找別的社員幫忙看看！」她忽然朝著兩旁望了望，「剛剛那個人是誰啊？」

馮千靜喝著豆漿的動作停了，「誰？」

「剛剛在妳旁邊的那個人啊！」林詩倪向右後回首，指向了馮千靜的右手邊，「就站在大樹旁邊，有點距離啦，可是他是在看著妳耶！」

電光石火間，馮千靜跳了起來。

她驚愕的要求林詩倪站一次剛剛那個「人」的位子給她看，林詩倪莫名其妙的站到了大樹邊，因爲有大石盆圍著，所以那個人是站在石盆外側，這樣看著馮千靜。

馮千靜覺得全身血液正在退去，剛剛她坐在這裡，旁邊沒有人、後面沒有人，這整個區域都沒有人！她、她確定嗎？馮千靜緊皺眉心望著林詩倪卻不敢肯定，因爲她剛只顧著在這裡看資料吃飯糰，身後有沒有人她眞的不知道！

「那個人……妳有看到什麼樣子或是穿什麼顏色的衣服嗎？」她沉著聲問。

感受到馮千靜的嚴肅，林詩倪也跟著立正，「看不清楚長怎樣，我看見他好像在跟妳說話，好像而已啦，戴著帽子，好像全身上下都是灰色的，運動服……裝……」

說到這裡，林詩倪也赫然覺得似曾相識，帽子是鴨舌帽，帽簷壓得老低，連身的體育服跟外套，那不是余筱恩家樓下那個——在監視器裡的男人！

「他去哪裡了？」馮千靜往前一大步，竟攫住了林詩倪的手臂，「他在我旁邊然後呢？」

「然後……」林詩倪一臉驚慌，都快哭出來的樣子，「然後我忘了……我去買飲料再轉回來時他就、就不見了啊！」

他在她身後，這麼近……那個人居然就在她身後！

天哪！馮千靜倏地向後退去，雙手抱著頭，背向了林詩倪，激動的微顫身體，對方到底是什麼!?她感受著發冷的指尖跟疾速的心跳，她要是能知道的話，就該回頭立刻開扁！

不過，她沒忽略掉重點——現在，換跟蹤她了是嗎？

有人在她身後。

陳怡蓉縮著頸子拉緊外套，加快腳步往前走，她不是神經敏感，對方不躲不藏，跨步的就在她身後，這還不明顯嗎？

她恐懼的回頭，那個人影真的就在她後方，黑暗中看不清楚，但是她確定他戴著帽子！

不要！陳怡蓉立刻拿出手機，顫抖著撥號。

「喂，學姐。」馮千靜的聲音傳來，「老闆，那份我的，我要煮久一點，一湯匙醬油、蔥花加倍、不要胡椒，謝謝。」

「馮千靜！馮千靜！」陳怡蓉握著手機緊張的喊著，都什麼時候了還在點滷味！「救我，妳在哪裡……」

「救妳？」馮千靜一怔，「學姐，出事了嗎？」

「有、有人……」她邊說邊回首，那個人還是在她後方，「有人跟蹤我！」

「咦？妳確定？」站在滷味攤前的馮千靜有些詫異，「確定他是跟著妳嗎？」

「他就走在我身後啊！不然呢？」陳怡蓉嗚咽的說著，「妳快點過來陪我……我在回家的路上！快點……」

呼，馮千靜壓住通話孔，朝著隔壁的毛穎德，「陳怡蓉打來說有人跟蹤她。」

「真的假的？」他倒抽一口氣，「林詩倪呢？她不是說要過去陪？」

「打給她。」馮千靜說著，繼續對著手機，「學姐，有時候人家可能只是剛好也要走那條路，妳不要太神經過敏……好好，我知道，妳聽我說，妳再走五步後，換到左邊去。」

「左邊……好！」陳怡蓉戰戰兢兢的說著，「妳要過來了嗎？」

「學姐，我說實話，我現在就算騎機車過去，最快也要十分鐘。」陳怡蓉那邊的住所在學校範圍之外，輕軌有一站之差，著實有段距離，「我記得林詩倪說要過去陪妳，她應該已經在那邊了……」

邊說，馮千靜挑著眉看向毛穎德，他蹙眉搖頭，用嘴型說著有通沒人接。

「我、我好怕……我不想回去！」陳怡蓉邊說，一邊假裝回頭看有無來車，順便再看一眼那個男子，接著便從右邊換到了左邊！「我、我換過來了！」

「很好，冷靜點，等等看他會不會換……因爲妳這樣就是作狀左轉了。」馮千靜一邊說，雙眼注視的依然是滷味攤老板的動作。

她喜歡吃入味些的，剛煮熟就拎起的滷味幾乎都沒味道，所以會倒入大量醬油跟胡椒調味，她不吃這種口味，所以得留意老闆的動作，她那一網得等別人煮個兩輪再撈起，最適當。

「林詩倪說她在那邊了，剛出輕軌站。」毛穎德壓低了聲音說著，「問陳怡蓉走那條路，她衝過去。」

「學姐，」馮千靜立即開口，「情況怎樣？妳是從輕軌站出來後，走大路、街還是小巷？林詩倪要過去了。」

「眞的嗎？對對對，我走平常那條……那個……」她又回頭，「那個男的還是走右邊，沒有跟過來。」

「呼……」馮千靜不由得鬆口氣，「看吧，但是還是別放鬆戒心，隨時留意，妳繼續跟我講電話吧，這樣對方也不敢怎樣。」

「好好，林詩倪呢？我還沒看見她。」陳怡蓉每個字都在發抖，看來若非不得已，她根本不會選擇回家。

「她快到了……學姐，要回家至少也找個人陪妳吧，現在又……」馮千靜看向手錶，「都十一點了，太晚了！」

這種時候她居然敢一個人走夜路？馮千靜突然有點佩服起陳怡蓉了，她以為學姐現在該是驚弓之鳥啊！

「別說了！沒有人要陪我回來，大家、大家都怕出事！」提到這點，陳怡蓉又氣又哭，「只是陪我走回來都沒人願意，我朋友其實是怕她家出事，所以不再讓我住了！」

喔喔，馮千靜轉了轉眼珠子，這也不能怪別人，莫名其妙的失蹤案，陳怡蓉學姐的貓又被殘忍撕裂，怎麼樣都像個警告，再加上──「都市傳說社」的臉書社團PO上強力更新最新傳說「樓下的男人」正在實際發生，誰不怕？

大家覺得有什麼盯上了陳怡蓉，借她住的話，會不會有什麼東西跟過來？陪她回家？會不會在樓下遇到「那個男人」？

「我覺得呢，妳可以利用這時候好好整理一下友誼深淺關係。」馮千靜中肯的說，「會怕是人之常情，妳自己都嚇成這樣了也不能希望別人陪妳涉險嘛，所以……願意幫妳的至少比較講義氣啦，不願意倒也不是什麼壞人！」

電話那頭沒有聲音，只有急促的喘息聲，馮千靜聽著覺得奇怪，闔上眼仔細聆聽，在喘息聲後，開始出現了奔跑聲。

「學姐？怎麼了？妳在跑嗎？」她緊張的問，毛穎德在旁也緊繃起來。

「他換過來了！他換邊而且走得更快了……他知道我在看他！」陳怡蓉恐懼的說著，「他追上來了……天哪！馮千靜救我！」

「學姐！學……學姐？」明顯的感受到電話奔跑足音，卻再也沒有回應。

因為陳怡蓉手握著手機，已經沒辦法邊講邊跑了，而是盡全力的往前衝，一邊看著身後的男人，對方看上去不急不徐，但每一步卻走得如此的大又如此的快！

走開！你走開啊！淚水模糊了她的視線，她不懂為什麼會遇到這種事，不管是變態或是都市專說，她都不要！

「學姐！」忽然一聲大吼，冷不防從前方衝來一個人，直接抓住了陳怡蓉的雙手。

「哇呀——」陳怡蓉發出尖叫，慌亂的被人扣住，驚恐莫名的看著眼前的人……「林詩倪！」

「妳衝這麼快怎麼了嗎？」林詩倪嚥了口口水，「妳家巷口過了耶！」

「我家我家……」陳怡蓉上氣不接下氣，戒慎恐懼的回頭，她剛剛應該要左轉，卻只顧著往前衝，慌亂中什麼都忘記了。

再往後看，那個人不見了。

林詩倪也跟著看向她的身後，有些不安，「剛有人跟著妳嗎？」

陳怡蓉微微點頭，嗚哇一聲就哭了起來，拉著林詩倪蹲下身，手上的手機不停的傳來說話聲，但是她卻沒辦法回應。

「馮千靜，是我。」林詩倪扳開她的指頭才拿到手機的，「我接到學姐了。」

「聽見了，尖叫聲很驚人。」馮千靜終於鬆一口氣，「妳有看到跟蹤的人嗎？」

「沒有，巷子前後現在就我們兩個。」林詩倪左右張望，下意識覺得毛毛的，「我先陪學姐回家，站在這裡讓我覺得不舒服。」

「嗯，有妳在應該就沒問題了吧！小心點。」馮千靜交代完，立即掛上電話，對老闆投以滿意的笑容，「對，一湯匙醬油就好，兩倍蔥，不要胡椒。」

毛穎德搖搖頭，逕自走到一邊去再打一通電話給林詩倪，要她留意門窗鎖好，等等有空趁著陳怡蓉不注意看一下窗外樓下有沒有人在樓下，不管是誰來敲門都別開。

林詩倪連聲說好，但越聽越虛弱，只覺得毛穎德把事情弄得很恐怖的感覺！她其實沒有這麼大愛，願意來陪陳怡蓉是因爲在這個都市傳說中，發生事情的都是「獨居的女生」！所以陪著陳怡蓉就等於有兩個人，也就不需要擔心太多了。

毛穎德還是有種心懸在半空中的感覺，交代完依然不安，回身時馮千靜已經拎著滷味站在他身後。

「又囉嗦什麼？」

「是交代！整件事都讓我覺得怪。」他們一塊兒往機車停放處走去，「陳怡蓉剛說有被跟，結果最後又沒人嗎？」

「嗯，對方跑得很快。」馮千靜想起那傢伙就不太爽，「這個變態是亂槍打鳥型的，到處跟，下午也跟過我。」

毛穎德突然煞住步伐，瞪圓了雙眼，「跟妳？什麼時候的事!?」

「就下午啊！」她露出不耐，剛不是才講，「是林詩倪看見的，我坐在樹下享受片刻寧靜，但是那傢伙躲在我身後偷窺。」

「然後呢？」毛穎德緊張的追問，「妳沒抓到他？對他施展固定技？扭手技……」

「我不知道啊！是林詩倪後來跑來找我，以為我認識那傢伙……別問了，她後來一閃神那個男的就跑了。」馮千靜把他可能的疑問都先回答完畢，「學姐那邊不必擔心了，有人陪是還好，我現在啊，最不解的是某個人。」

毛穎德接過她手上的食物，往機車前掛，「洪偉庭？」

「對，他搞人間蒸發嗎？我聽林詩倪說失聯了！」馮千靜點點頭，「都市傳說裡失蹤的有男生嗎？」

「資料裡都是女生，其他要問夏天。」毛穎德跨上機車，移車後退，「不過這跟都市傳說有關嗎？林詩倪他們不是說洪偉庭跟夏天他們去西郊？怎麼會失聯？」

「天曉得，夏天有提到洪偉庭跟著嗎？」馮千靜跨上機車，坐穩後輕拍他的肩，「好了。」

「他打來都講得很匆促，幾乎用LINE在回……倒沒提起洪偉庭！」

馮千靜嘖了一聲，「怎麼這麼多鳥事啊！」

「不過至少可以確定，洪偉庭知道夏天他們要去西郊找線索！」毛穎德發動車子，蓋上了安全帽的遮罩。

因爲是好友的男友，林詩倪才多一份心想關懷，只是洪偉庭自從說要跟去西郊後就人間蒸發了！這情形太詭異。

機車在夜路上馳騁著，馮千靜突然想到，監視器拍出的嫌犯身高體型，其實跟洪偉庭好像差不多。

滴—答—滴—答—秒針噠噠走著，躺在床上的陳怡蓉緊皺著眉，睡不安穩的輕晃動著頭，她彷彿聽見了腳步聲，噠噠的的朝著她走過來了！

噠、噠、噠、噠——喝！眼皮跳開，陳怡蓉一身冷汗的看著自己房間的天花板，靜寂的房裡聽得見自己的心跳聲，滴答聲響未止，她撐起身子往枕邊的鬧鐘看去，是秒針的聲音。

「呼……」她曲起雙膝，額頭輕靠上去，她夢見有人朝著她房間走來，是那個神祕的男人。

日有所思，夜有所夢，她只覺得好想哭，搬家有沒有用？可是跟房東簽約到明年，用「都市傳說」當理由怎會被人接受？

今晚要不是林詩倪陪她，只怕她連安然入睡都不可能！陳怡蓉撐著床，悄悄的往床下看一眼，沒有想到只是一面之緣的「都市傳說社」，居然肯……咦？人呢？

陳怡蓉嚇得整個人往床緣靠近，地上哪裡有什麼人影！不過是折疊整齊的被子與枕頭，藍綠交錯的巧拼上放了一張便利貼！

陳怡蓉探身趕緊撕下便利貼，上頭是林詩倪凌亂的字跡。

『學姐，我看五點已經天亮了，我就先回去補眠了，今天我是早八，昨晚也沒睡好，看妳睡得熟就不吵妳囉！再聯絡，林詩倪。』

她走了？她走了！林詩倪怎麼能就這樣說走就走啊！陳怡蓉激動的跳下床，所以現在房間裡只有她一個人！思及此，她又忍不住發抖，五點半，雖說該是天亮，可是、可是外頭還是暗著的啊！

這也太不負責任了啊，明知道她就是怕一個人，怎麼能這樣把她扔下來！

陳怡蓉抄過手機，立刻就撥打電話給林詩倪，慌亂的把房間的燈全部打開，現在待在這個該是最熟悉的地方，卻更令她害怕！

電話有通，但是無人應答，很快的轉進語音信箱。

「林詩倪，說好要陪我的，妳怎麼可以走，現在天還是暗著的啊！做事哪有做一半的，妳這樣也太過分了！」陳怡蓉對著語音留話，哽咽非常，「我、我不想一個人啊！妳快點過來！」

頹軟的跪坐在地上，她想再撥一次卻遲疑了，調出通話紀錄，這一次她撥給馮千靜。

馮千靜的手機直接進語音信箱，好像根本直接關機，她再撥給毛穎德，也是一樣的狀態，這逼得她只能打給夏玄允，電話是通了，但依然無人接聽，她不知道毛穎德把夏玄允的手機調成無聲，扔在沙發底下。

一串的無人應答只是加深了陳怡蓉的恐懼，她不想待在家……對！不能待在這裡！她先去學校好了，不管哪裡都比在這裡好，對吧！

陳怡蓉跳起來即刻行動，胡亂的梳洗換裝，甚至多整理了一個小行李包，晚上如果林詩倪要再這樣半途而廢，她寧可去找旅館睡！

看見角落裡的貓籠，她只是更加害怕，爲什麼要殺掉她的小可？何須這麼殘忍？她覺得好無辜又好委屈，她不該遇上這種事的，什麼都市傳說，爲什麼會發生在她身上？

將充電器塞入包包，拉鍊拉起，她揹起身就要離開，輕軌是二十四小時的，她決定先到學校去！

從桌上拿過鑰匙時，瞥見了窗戶旁的便利貼，她遲疑了幾秒還是走上前去，那也是林詩倪寫的，像是提醒自己的字條：『每一個小時確認窗外。』

是這樣嗎？所以她沒睡好？陳怡蓉心底有點小小的內疚，但是又不是她強迫他們來幫忙的，「都市傳說社」的人也只是想要利用她來接觸「都市傳說」而已，她討厭聽林詩倪雙眼發光說著都市傳說的興奮感，總覺得自己的恐懼跟悲慘別人卻像看戲。

每小時確認窗外，確認什麼？她揉掉紙條，雙眼望著窗簾，林詩倪在確認外面樓下是不是有人嗎？

緊張的嚥了口口水，她隻手揪住窗簾，林詩倪離開時應該確認過一次了吧？但現在快六點了，她不知道爲什麼就是想看一眼，即使知道沒有什麼事，但她也想看一下……

輕掀窗簾一角，天空依然深藍，微微的透出薄光，冬日的天總是亮得比較慢，外頭還是黑夜模樣，看出去的巷道裡亮著路燈，萬籟俱寂。

間有幾台腳踏車騎過，看來都是晨騎的人們。

陳怡蓉放鬆了心情，才準備旋身，卻看見一抹身影從黑暗中站了出來，站到巷子正中間，那個她能瞧得一清二楚的位子——白或灰色的運動外套與長褲，頭戴鴨舌帽，仰起頭看著她。

招了招手！

喝——陳怡蓉掩嘴差點尖叫出聲，驚嚇得踉蹌後退，直到撞到自己的電腦桌，剛剛那是什麼？那個、那個人朝她揮手嗎？

她顫抖著手再掀一次窗簾，這一次，卻沒有再看見那個人的身影了！

是他！她倏地轉過身，她知道是那個人，聽「都市傳說社」的人說過幾百次了，503失蹤的那晚，那個站在大門前巷子裡的人就是那身裝扮，而且剛剛那個男的仰頭望她還揮了手！

對著她！

不不不！她慌亂的往門口衝，卻因爲過度慌張而撞上書桌，疼得跳腳，急忙的拎起包包，她必須要立刻離開這裡，因爲那個男人不見了！如果是503的狀況，他會由遠而近，然後——

咿……外頭鐵門被打開了。

陳怡蓉瞪圓著雙眼，她聽見了！聲音來自五樓的大門，這麼早，不是501……她甚至沒聽見他們離開房間的聲響。

噠、噠、噠、噠，腳步聲由遠而近，從五樓前門陽台走進，經過公共區域，轉進短廊到她房門口，不過區區十五步就能抵達的！

陳怡蓉驚恐的望向自己的木門——她的門栓沒有栓！

噠，腳步聲停留在她門口的瞬間，陳怡蓉衝上前將門栓扣上，喀啦！

她整個人都撞在門板上，任誰都知道她就在門後！但是陳怡蓉不敢停，她一門上就向後跌坐在地，以手代腳，臀部在巧拼上急速向後退，還不忘伸長手先關掉房間的燈。

門外有人，她看著門縫下的影子，忍不住想到那天晚上，看見的雪白眼珠，趕緊從左手邊的床上拉下被子，胡亂的往門縫下塞去！

「走開！」她哭喊起來，「我不認識你！走開啊！」

陳怡蓉驚恐的拿出手機，她要報警，她必須……門把喀噠喀噠，她不可思議的抬首，有人在轉她的門把，越轉越急、越轉越大力！

不不不！她歪歪倒倒的站起身，她不會坐以待斃的，按下通話鍵後，她回過身子，看著身後那扇窗。

她，絕對不要跟503一樣！

陳怡蓉猛然拉開窗——「嗨！」

「呀——」

第五章 窺探

陳怡蓉失蹤了。

第一個抵達的是警方，他們接到了她的報案電話，電話那頭卻絲毫沒有聲響，藉著手機的定位系統，發現「又」是前幾天才出事的區域，所以轄區員警爲求謹愼還是立刻跑了一趟。

來到502號房門口，怎麼敲門都沒有人回應，門是反鎖的，情急之下員警只好撞破木門，房內卻不見人影，只有被風吹亂的物品、隨風飛揚的窗簾以及敞開的窗戶。

警方到窗邊探視，並沒有人影，現場進行了蒐證，附近的樓下、屋頂都詳查了一圈，依然沒有陳怡蓉的影子，她就這樣失蹤了。

扣掉報案電話，手機最後幾天分別打給：林詩倪、馮千靜、毛穎德及夏玄允，他們也都接受約談，唯夏玄允人在西郊也沒接電話，因此警方也就不問他，單問三個學生就好。

林詩倪哭得很慘，除了害怕外更多成份是自責，警方在地板上找到她的跡證，畢竟她前晚睡在那兒，留下的便利貼都還在房裡，她也是陳怡蓉失蹤前見過的最後一個人。

「我不該走的！我一直想說天亮了沒關係！」豆大的淚往碗裡掉，「一整晚都沒事，我眞的以為……」

「好了，這不是妳能預料的。」毛穎德勸慰著，「我們沒人能守著她二十四小時吧！妳今天也還有課，當然要回來準備。」

馮千靜坐在一旁認眞吃麵，陽春麵得上桌時就趕快吃，浸久會爛掉的。

「快吃吧，吃飽了心情會好一點。」馮千靜淡淡的說，「說白點，保護她不是妳的義務，不要想太多。」

「這樣講她不會覺得比較好！」毛穎德隔著林詩倪，沒好氣的對她說道。

「我說的是事實啊，無法預料無法避免，誰都不該怪。」馮千靜很認眞的望著他，「我知道她會內疚，可是覺得虧欠於學姐是說不通的。」

好，她承認聽了學姐在林詩倪的手機留言後她有點不爽，聽聽那理所當然的語氣，好像林詩倪本來就應該待在那邊陪她、守護她似的，學姐那種態度讓馮千靜全然無法接受。

學姐失蹤是大家不樂見的，但是馮千靜眞心認為這不是誰的錯。

「好了，不要吵了。」結果還是林詩倪當和事佬，趕緊拿起筷子吃麵。

他們在警局到中午才回來，「樓下的男人」傳說甚囂塵上，第二個失蹤的女孩，還是同一層的對門，這叫誰不感到恐懼驚慌！許多獨居的女孩子紛紛開始尋求庇護，大家晚上都盡量睡在一起，不再獨住。

特別的鈴聲響起，毛穎德四處找了一遍，拿出自己的手機又不是，最後很無奈的想起那是夏玄允的手機。

那是視訊電話的鈴聲，所以他只好架好手機擱在麵攤桌上，好讓大家都看得見。

『哈囉！』夏玄允的大臉塞在鏡頭前，『咦？林詩倪妳怎麼在哭？』

林詩倪搖搖頭，她抹著淚水，一雙眼哭得紅腫；毛穎德叫她快點吃，由他來說明第二位失蹤者的事。

『什麼？又不見了？對門的嗎……』夏玄允沉吟著，『果然沒錯！都有地緣關係！』

「什麼地緣關係？」毛穎德可聽到重點了。

就見夏玄允把鏡頭拉遠，可以看見身邊的郭岳洋又在做紀錄了，眉開眼笑的朝他們揮手，但兩個人看上去都很疲憊。

『我們發現當年那篇傳說出來後，還發生好多起失蹤案，全都在附近，同一個市鎮裡！』夏玄允拿出一張地圖，上頭有許多標記的紅點，『看到沒有，總共八起，最靠近的還有同一家的姊妹！』

「姊妹？」馮千靜提出異議，「我以為傳說中是獨居。」

『她們一人一間房。』郭岳洋趕緊接口，拿起手上的筆記本說明，『在屋子的兩個角落，沒有在隔壁。』

「咦？可是家人不在嗎？」林詩倪詫異的問。

『余筱恩失蹤時陳怡蓉也在啊，陳怡蓉失蹤時，501呢？』夏玄允立刻提出了重點。

501號房一整晚都在，依然什麼動靜都沒聽見，那對情侶對於同層的兩戶都失蹤感到畏懼，也已經決定搬離那邊了。

「我……那個人一定是知道我離開了。」林詩倪飛快的思考著，「一整晚都沒事，我才離開不到半小時！」

『什麼？妳、妳昨晚跟陳怡蓉在一起？』夏玄允很訝異，『妳們之前認識啊？』

「不是，她去陪她的，陳怡蓉昨晚沒人要收留她，我們想到這個傳說都是找獨居女生，所以……」毛穎德嘆了口氣，「只是沒想到還是發生了。」

『哇，林詩倪！妳人好好，為了都市傳說這麼認真！真是社團模範生！』夏玄允還有空在那邊稱讚，『所以，一整晚都沒出事？連一點點聲響都沒有？』

林詩倪搖了搖頭，她說每個小時都確認窗外有沒有人，甚至拿椅子擋住門口，可是一點動靜也無，直到五點她覺得天亮後就先離開，早八是主科必修，她也得回去拿課本。

結果六點鐘，陳怡蓉就失蹤了。

『五點天還沒亮，現在是冬天吧！』郭岳洋提出了疑問，『再者，都市傳說跟白天黑夜好像不太有關係，又不是阿飄。』

「但是發生事情都是在晚上吧！」馮千靜喝了口湯後，幽幽出聲。

『喔喔喔小靜妳有做功課耶！我給的資料都看完了嗎？』夏玄允雙眼熠熠有光，馮千靜直接別過頭去懶得理他。

「就是看完了才覺得事情會發生在晚上，林詩倪也是直覺性想法吧！」毛穎德趕緊緩頰，「反正不是她的錯！」

「是我！就是我！」林詩倪還陷在自責泥沼中，「我陪著她一起到最後就好了！」

馮千靜忍不住翻了個白眼，不懂這種把事情往身上攬的想法是什麼，她大概就是這樣子表現，陳怡蓉學姐才會如此理所當然。

「反正樓下的男人已經得到他想要的了。」她打斷了林詩倪的自責，「喂！

你那邊有什麼新鮮的嗎？」

『有有！我們去探訪了幾個失蹤的家屬，讓我們查看了她們的日記或是推特等等網站活動的訊息，我們都印下來了！』夏玄允興奮莫名的說著，郭岳洋出示一疊紙張證明，『很多都同校、有的認識、有的不認識，超可惜的，失蹤的女生都是甜美的類型呢……』

「重點。」毛穎德打斷他的自嗨，「其他人有沒有房間的異樣？目前人還是失蹤的嗎？」

這瞬間，夏玄允忽然劃滿了笑容，毛穎德跟馮千靜最怕這種笑容。

這是「絕對有什麼」的意味。

『你們問這個一定也發現什麼了吧？』夏玄允跟郭岳洋同時神祕兮兮的說，『我們只探訪了四個失蹤者，還不能確認，先說說你們的吧！』

唉，毛穎德拿出自己的手機調出照片，「這是陳怡蓉的房間。」

夏玄允跟郭岳洋立刻仔細端詳，他們很明顯的也流露出困惑之情，房間不大，站在門口就能拍到全部。

『就這樣？』夏玄允顯得有點錯愕，『一點都不亂啊，而且也沒有什麼抓痕！』

「非常平和的房間，完全沒有打鬥的痕跡，陳怡蓉可能怕門縫有人偷看所以把棉被塞在門後，包包放在地上卻是整齊的，唯一移位的是桌子，有些東西倒了，可是那像是輕微撞到的模樣，不像經過激烈反抗。」毛穎德準確的描述著現場，以及警方的觀點，「沒有血抓痕，最大的不同是——」

他用指間在窗子那邊指了指。

『原本就開著的嗎？』郭岳洋很困惑，『不合理啊，她應該嚇都嚇死了，怎麼可能會開窗？那樣不就看見樓下的男人了？』

「只能想是逃走。」馮千靜接了口，「有人在門前了，她才拿被子塞住門縫，因為怕又被偷窺，這時候唯一能逃的地方就剩窗戶了！」

『那警方——』

「完全找不到有人跡證，沒有鞋印，而且那外面有多難爬你知道嗎？根本沒有能踩腳的地方！」毛穎德滑了下一張照片，是那棟樓外圍的照片，「你看，連條水管讓她踩都沒有，能怎麼爬！」

大家都探查過了，往上也爬不到頂樓，沒有人手臂這麼長。

不過為了以防萬一，警方還是有去頂樓查過，甚至採納了毛穎德之前認為嫌犯可能是同棟人的意見，全棟樓經過一次徹底的搜索，毛穎德的推論失敗。

『一樣的失蹤，不同的房間……』夏玄允沉吟著，『房門狀況如何？』

「又是密室失蹤，一樣。」

『老實說，我們目前找到的失蹤者房間，沒有一個有血抓痕。』夏玄允語出驚人，『房間幾乎沒什麼異狀，跟陳怡蓉的很像，最多就是有些東西的碰撞……』

沒有一間有抓痕？

「窗戶呢？」林詩倪緊張的問。

夏玄允及郭岳洋不約而同的搖頭，『有的窗子是開的，但絕大部分都沒有。』

感覺上每個房間都不同啊！馮千靜托著腮，好像眞的往都市傳說的方向走去，畢竟密室失蹤可不是常常有的事。

夏玄允身邊突然出現一壺茶、一盤蛋糕跟餅乾，他們兩個綻開天眞的笑靨，同時朝向一旁的人道謝，側臉的酒窩煞是迷人，夏玄允兩邊嘴角都有酒窩，一張可愛的少年臉蛋，只要微笑就會像個萌系美少年。

『謝謝阿姨！』這聲音撒嬌極了。

『你們繼續聊、繼續！』婦人的聲音在旁響起，聲音聽起來很愉悅，夏玄允基本上也是媽媽殺手。

「你們在哪啊？」毛穎德沒好氣的問，難怪背景很家居。

『在第五個失蹤女孩的家裡。』郭岳洋拎起地圖來指著。

天哪！居然在人家家裡喝茶！馮千靜不由得搖頭，他們等於來揭人家傷心事的，還能把那邊當下午茶館，甚至跟他們講視訊電話……大概看見夏玄允那可愛無敵的臉就心軟了吧！唉。

啊！馮千靜忽然像想到什麼似的，「阿，阿姨，那個阿姨請問一下！」

『嗯？妳幹嘛？』夏玄允有點錯愕，郭岳洋回頭招著手，『阿姨，請妳過來一下下。』

幾秒後一個女人的臉出現在夏玄允與郭岳洋間，有些尷尬的看著他們，『你們好。』

「阿姨好，」馮千靜移到正中間，「我想請問一下，現在在你家的客人有幾個？」

女人錯愕，夏玄允跟郭岳洋更是丈二金剛摸不著頭腦，『就、就他們兩個啊～』

「沒有第三個男孩了？有點高瘦？比這兩個都高！」馮千靜做了個比喻。

文化路
文化二路

啊啊，毛穎德知道她在打探什麼了，洪偉庭。

女人搖了搖頭，馮千靜趕緊道謝，郭岳洋萬分不解，『小静妳是在問什麼啊？就我跟夏天啊！』

「我想確定你們有沒有瞞我們什麼！」馮千靜思索著，「洪偉庭眞的沒跟你們一起去？」

『嗄？毛毛問過了啊！』夏玄允聽出來了！『妳覺得我們騙妳！天哪，妳居然這麼不信任我，我好傷心喔……小静！小静！』

馮千靜根本沒理他，逕自起身離開先去付錢了。

「可是……」林詩倪怔住了，「洪偉庭跟我們說，他跟你們去西郊找線索耶……」

『咦？沒有啊！那天晚上我跟洋洋決定要來這邊時，他剛好傳訊來，我的確有跟他說我們要去西郊，但是他沒說要跟啊！』夏玄允也顯得困惑，『他眞的跟你們說要跟我們來？』

林詩倪肯定的點頭，她是現在這一刻才知道，洪偉庭騙了他們。

「這傢伙也不見了，打手機沒通，傳LINE也沒回過。」毛穎德的手指在桌上敲呀敲的，「先別管他了，你們打算什麼時候回來？」

『全部查完一遍就回去！』夏玄允有所堅持，『你們也要小心，有地緣的，每個獨居的都要注意咧！』

這句話讓人覺得極度不安，林詩倪也獨居啊，老實說馮千靜也算獨居，一人一間房。

上一次大家都在時，紅衣小女孩都能從她的陽台上入侵了，都市傳說眞是無所不在啊！

「我會召集社員幫忙的，先從我們這附近的失蹤案開始。」毛穎德做了決定，「你發文，但不要引起恐慌。」

『知道啦！我辦事你放心！』夏玄允還豎起大拇指。

就是你辦事他才不放心啊！要不是他不想在社團裡用自己的帳號現身，他才不會叫夏玄允發咧！

「小心。」最後一句話，依然是關心。

兩個男孩同時豎起大姆指，視訊電話就此中斷。

他們起身離開麵攤，牆上的電視正在播放陳怡蓉失蹤的消息，馮千靜回來拿起背包，看著那新聞就覺得萬分不爽。

今天說好要來上課的，交給陳怡蓉的講義爲的就是今天的小考，但是她還是缺席了。

她寧願陳怡蓉是在家裡睡過頭缺考，也不喜歡這種理由。

「下午要進社團一趟。」毛穎德對著她說，「妳不想去可以不必去。」

「不，我會去。」馮千靜肯定的接口，「有很多事要做要查，得速戰速決。」

「嗯……」他深吸了一口氣，「至於洪偉庭……」

馮千靜仰起頭，眼鏡下的眼神銳利無比，「他是第一個要查的傢伙。」

星期四下午，陳怡蓉失蹤後三天，「都市傳說社」終於「私下」召集了社員到社辦開會，有別於過往的實際社員三人、幽靈社員七人的冷清蕭條，今天可熱鬧得多。

一起紅衣小女孩的都市傳說讓校園內人心惶惶，接連發生離奇的車禍意外以及學生昏迷，聽說最後全是靠「都市傳說社」解決的……不過這都還只是傳言，對外界而言車禍屬意外，身體不適是學生胡思亂想導致自我催眠的精神崩潰。

反正真正熱衷「都市傳說」的夏玄允跟郭岳洋根本不在乎，他們只覺得既興奮又刺激，連郭岳洋身在其中、深受其害，一條命差點都丟了，回憶起來竟還津津樂道，寫下所有的歷程，甚至社團還辦了「紅衣小女孩故事時間」。

場場爆滿，窄小的「都市傳說社」根本容納不了這麼多人。

有多窄小呢？原本的「都市傳說社」是個小小小社團，位子十一樓電梯走出後左拐第二間，跟另外兩個社團擠在一起，西洋棋社跟圍棋社，西洋棋社還有皮製沙發跟兩個大鐵櫃，氣勢十足，而他們呢……就是在兩個鐵櫃後頭乃至於牆壁的小小空間裡。

後來太多事件讓每個學生覺得跟自己有切身關聯，加上人類強烈好奇心，隔壁的西洋棋社超大方的出借場地跟沙發，到後來連圍棋社都無條件出借，前提是得讓他們優先參加活動才行。

當然這樣下去不是辦法，郭岳洋之前已經向學校申請了其他場地，下學期人再這麼多，就得需要更大間的社團辦公室了。

今天照舊，西洋棋社再度出借場地，讓社員除了塞在窄小的書櫃後廊道外，也能坐在西洋棋社的範圍，拿個塑膠椅坐著。

「辛苦大家了。」毛穎德很無奈的主持這個會議，照理說他應該也是幽靈社員的啊！「很抱歉這次託大家找資料，時間又這麼趕，因爲我們實在是擔心……

還會再有人失蹤。」

社辦中氣氛相當低迷，其他兩個棋藝社的社員不多，也凝重的聚在圍棋社的角落，對他們而言，多少人都是獨居在外，對於學校兩起莫名其妙的失蹤案，感同身受。

「能幫上忙我們其實很高興。」說話的男生聲如洪鐘、體態寬廣，卻相當具領導力，他也是上次紅衣小女孩事件的牽連者，理所當然的自願入社者，叫黃宏亮。「所以跟夏天說的一樣嗎？失蹤案眞的是……都市傳說？」

眾人屏息，瞪圓雙眼想要一個答案，心裡可說是既期待又怕受傷害。

毛穎德坐在沙發上頭，環視了每個社員及旁觀者的眼神，身邊的馮千靜只顧著低垂著頭，用大蓬亂髮跟眼鏡遮去自己的容貌與眼睛，進入絕對低調的境界，等於把事情都丟給他了。

「不確定。」毛穎德還是給了個模稜兩可的答案，「也有可能是變態，警方正在調查，夏天只是覺得有可能……所以我們利用閒暇之餘查查也好。」

「嗄？」社員們難掩失望，心裡好希望是可怕的「都市傳說」，可是一方面又不希望有哪個同學受到傷害甚至失蹤。

矛盾的心態交戰著，如果眞的是都市傳說，那該多刺激啊！

「咳！」馮千靜輕咳了聲示意，打開筆記本，該進入正題了吧！

「啊，對，大家有沒有查到什麼？」

他們前幾天私下用群組發LINE，請社員抽空調查學校附近曾發生的失蹤案，上一次夏天跟黃宏亮他們花了不少工夫查找學校周邊曾有的車禍，煞費時間，因爲追查年限到久遠尙無網路的時代。

可是這次不同了，因爲「樓下的男人」是有網路後發生的，雖然在全國各地似是零散發生，但大部分的紀錄還是都能在網路上找到。

「我們查過也統整好了。」大角學長居然早做統籌，「你們想先聽好消息還是壞消息？」

「啊？」馮千靜忍不住出聲，「這還有分好壞啊？」

「有啊，好消息是……別想太多，好消息是非常好找，因爲學校周邊的失蹤案、懸案非常少，跟之前車禍事件不一樣！」大角學長唰地拿出一張紙，「一張A4紙還不滿！」

馮千靜跟毛穎德雙眼一亮，這麼少筆，這是莫大的好消息啊！可是……「你剛說壞消息是？」

「壞消息是，沒有一個跟這次的失蹤案類似或是相關的。」黃宏亮接口，也相當失望，「像『樓下的男人』類似手法的失蹤案，一個都沒有。」

林詩倪氣色不佳，這幾天還在爲陳怡蓉的失蹤案愧疚，但也更加努力的希望警方能早日找到陳怡蓉。

「多半都是離家出走、跟網友見面後失蹤的、精神異常走失的、老人痴呆症走失，跟我們學校有關聯的並不多！」林詩倪遞出彩色列印，「我還找到當時的新聞，全印下來了。」

所謂跟學校有關，表示失蹤者是學校學生，馮千靜跟毛穎德趕緊接過來查看，高中女生跟家人吵架後說要跟網友出去，就失去音訊，找到網友卻說婉拒接應她後便不知道她去哪裡；下一則是附近高中男生謊稱跟朋友過夜後也沒再回家；另一個還是男生，說要去找喜歡的女生告白後音訊全無，連他要告白的對象都沒人知道，該時並沒有到處都裝設監視器，所以無法得知男生去了哪裡；還有出去買晚餐就不見的女孩、跟家人平常都不聯絡失蹤一年才被發現的女生。

剩下扣掉身分爲學生的失蹤者……也沒有任何一個是在獨居的密室失蹤，根本毫無關聯！

「唉……」連毛穎德也忍不住嘆氣了，他以爲能從學校附近的失蹤案找出些端倪的。

馮千靜無奈的放下紙張，看來這條路是行不通了，「可能還是得等夏天他們在西郊找到的線索吧！畢竟那邊是眞的『樓下的男人』起源地。」

「他們發現什麼了嗎？」新社員玫瑰雙眼清亮，一旁的同學兼室友小霞也笑開了顏，「可以透露嗎？」

「失蹤案有地緣關係，第一起『樓下的男人』事件後，附近總共發生八起失蹤案，非常靠近。」毛穎德簡單的說著，「他們一家一家查找，但目前沒有什麼進展，唯一能確定的是跟我們學校的一樣，都是獨居女生……」

提到這點，女孩子們都有點發冷，低語著幸好自己最近跟男友一起，沒有男友的也找了朋友一塊睡，不讓自己隻身一人。

「我覺得還是從失蹤者下手會不會比較快？」玫瑰提出了建議，「住這麼近是其一，還有就是……那個男人是怎麼挑選的？隨機？還是她們兩個有共同點？」

「住在對面算很大的共同點了吧！」大角學長接口，「她們兩個有認識嗎？」

「沒有，陳怡蓉連余筱恩的名字都不知道。」毛穎德駁回了他們的推論，「地緣我覺得很值得參考，但是除此之外，兩個失蹤者平時完全沒有交集！」

「不過我看過余筱恩的臉書，她是說回家路上就被跟了耶！不是說有人跟蹤她，一直到她進房間爲止！」玫瑰功課做得很足，「那時還有人認爲是她開了燈，才讓對方知道她住哪間，進而……」

「陳怡蓉學姐也有類似狀況，她那天說被人跟著，很慌張的在巷子裡跑，我攔到她時她超慌張的。」林詩倪幽幽出聲，「可是，我那時從她對向來，沒有看見有誰在追她啊！」

小霞皺了眉，「妳意思是說學姐自己嚇自己嗎？」

「不不，不是那個意思……那天很晚了，我可能也看不清楚，只是巷子很直啊，我眞的沒留意到她身後有人。」林詩倪有些驚慌的說著，「有沒有可能是對方動作……很快？」

很快，這兩個字有很多含意，一個是眞的跑很快、或是躲很快，另一個層面也可能暗示那個跟蹤的人有個不屬於人類的速度。

馮千靜聞言暗暗挑眉，異常的快嗎？所以她永遠追不到？

「很會躲也是有可能，我大一住過那裡，很多茂密的樹！」大角學長仔細分析，「你們想喔，晚上的巷子，兩旁都有枝葉茂盛的樹，又有許多車子停在那兒，我夠機靈的話直接蹲下身子，躲在兩台車之間立刻就瞧不清了，再加上樹葉的影子——登登！」

「咦——」社員們異口同聲，有道理耶！

「所以其實還是有人爲的可能，毛穎德才說不確定是都市傳說吧！」黃宏亮頻頻點頭，「我一開始看見時，我直覺也是想到是變態。」

「可是現在搞得很緊張耶！」玫瑰噘起嘴，「同一條路上很多人走，有時候人家剛好跟你同一個方向怎麼辦？我最近回家也都有人走在我身後，我要怎麼知道他是跟蹤還是跟我住同區？」

「結伴吧，以防萬一又不會誤會人。」馮千靜輕聲說著，「不管是眞的變態還是什麼傳說，結伴總是比較好的。」

「可這件事還是很詭異，因爲失蹤的兩個女生都沒有線索，聽說房間還是密室狀態，窗戶又沒聽說什麼跡證，尤其是前幾天那個學姐！」黃宏亮說的是陳怡蓉，「窗戶開著，可是外面根本不能爬！搞得她好像憑空在自己房間裡消失似的！」

聞言大家又搓了搓雙臂，連在自己最放心的家裡都有可能出事，實在讓人連安穩的睡一覺都很難。

「在『樓下的男人』這個都市傳說裡，遇到的女生不都失蹤後就沒有再出現嗎？」小霞咬著唇，「好可怕啊，那她們到哪裡去了？」

叩叩，社辦敲門聲忽然響起，爲這緊繃的氣氛裡添了一絲驚恐。

「呀……」幾個女孩被嚇了一大跳，紛紛看向推門而入的人。

男孩看上去風塵僕僕，一臉疲憊，帶著張憂鬱神情，緩緩的走了進來，「對不起，嚇到你們了！」

「咦？」林詩倪直覺站了起來，不可思議的看著進來的男人。

毛穎德詫異跟馮千靜互看一眼，「洪偉庭？」

「我聽說今天下午有集會，我就趕過來了。」他手扣著斜背包的袋子，眉宇之間仍舊鎖著悲傷，「又有人失蹤了是嗎？住在筱恩對面……」

「你從西郊回來這麼快啊？」馮千靜主動站起，親切的說著。

「西郊？」他一怔，「啊，我沒去西郊啊！」

「你自己說的，說要跟夏天他們一起去西郊調查傳說起源！」林詩倪立刻反駁，「連著幾天失聯，現在說你沒去？」

洪偉庭看著林詩倪，眼神裡居然帶著點困惑，再看向站起的馮千靜，明顯的嚥了口口水。

「唉，我本來是想跟去，但是、但是筱恩的爸媽來了，所以我決定去陪他們。」洪偉庭眼神閃爍，「後來我想想跟去西郊於事無補，還不如去把筱恩失蹤前走過的路走一遍，問問認識的人，看看有沒有什麼蛛絲馬跡。」

「哦？那你有找到什麼嗎？」馮千靜接口，離開沙發邊，繞了出來。

聞言，洪偉庭悲慟的搖首，「她就是跟同事去唱歌而已，平常的生活也過得很簡單，上學打工，沒跟任何人結怨！」

馮千靜暗自打量著他，身高、體型，只要穿上灰色外套跟運動褲、戴著鴨舌帽，她幾乎覺得就是她看見過的人。

「現在我們也只能等了，來！先坐吧！」她主動招呼他往沙發去，「為大家介紹一下，這是第一位失蹤者，余筱恩的男友。」

啊……倒抽口氣的聲音傳來，好可憐喔，他們有聽說過，是因為男友一直聯繫不到女友，才發現她失蹤的事。

馮千靜讓洪偉庭緊鄰著毛穎德坐下，她就坐在最旁邊，刻意貼著他的包包旁，眼神落在掛在外頭的證件套上頭。

「那你都沒看手機的嗎？我們找你好幾天了，LINE你也都不回。」毛穎德還是覺得很怪，「查歸查，你回一下不會怎麼樣吧？」

「啊……抱歉！」洪偉庭頻頻道歉，「我把通知關掉了，我是真的沒有心情看那個！」

「……好了，我們知道你的狀況了，只是你這樣一聲不響的不見，我們會擔心！」林詩倪還是帶著不高興，「我知道你為了找筱恩很努力，但是你隻身到這裡來，我們也會擔心你的安危。」

畢竟是好友的男友，林詩倪自然會再多份關心。

「對不起。」洪偉庭再度道歉。

接著大家開始客套式的安慰，並且告訴洪偉庭關於另一起失蹤案的事，他既詫異又震驚，不明白那層樓是發生了什麼事！

「夏天傳了一些檔案過來，趁大家都在，我去影印給大家。」馮千靜晃著手機，她剛把檔案上傳到列印系統了，「你們繼續聊吧！」

「我陪妳去！」林詩倪積極的站起，馮千靜連婉拒的機會都沒有。

社辦裡又開始嘈雜起來，大家除了討論防範之道外，也在討論破解之道，「樓下的男人」是怎麼選擇女生的，要怎麼樣才可以避免，問題是就過往的紀錄而言，從未找到失蹤者。

馮千靜跟林詩倪雙雙到一樓的社辦影印間去，影印室裡有七台影印機全部免費，只要刷學生證就能使用，只是限制張數，所以林詩倪才想陪她來，以防額度用盡。

「馮千靜，妳是不是覺得洪偉庭怪怪的？」好不容易只剩兩個人，林詩倪開門見山問了。

「嗯？」馮千靜頭也不抬，專注的看著出紙口送紙而出，「我怎麼會這麼想呢？」

「妳感覺就是不相信他啊！」林詩倪輕嘆口氣，「我在想他可能是眞的臨時改變主意去陪筱恩的爸媽，他很愛筱恩的！」

「嗯。」馮千靜點點頭，當然沒聽進去。

難道她就不會覺得奇怪，眞的擔憂女友失蹤的人，會把LINE關掉？應該會心急如焚的巴不得趕快接到消息吧？別用等電話當藉口，現在大家早就已經過份依賴通訊軟體而忘記手機還有「撥打」電話這個功能了！

「我知道啊，不是說就是因爲他發現余筱恩好幾天沒聯絡才北上來找她的！」馮千靜敷衍般的應和著她，「他是……星期五聯繫妳，星期六上來的嘛！」

「嗯，筱恩星期四凌晨都有打給我們，可是我們都沒接到……唉。」林詩倪低頭望著自己的手機，「爲什麼我每次都沒接到！」

「命吧。」馮千靜說得乾脆，「萬一如果眞的是『樓下的男人』，我想妳接到也沒什麼幫助。」

林詩倪望向馮千靜，她即刻避開她的注視，開始整理送出來的影印資料，那都是夏天跟郭岳洋整理出的西郊失蹤事件，地圖、每個失蹤女孩的背景、模樣、還有失蹤前後曾做過的事或遇過什麼特別事項。

「我來好了。」林詩倪主動接手，「我很會分這個。」

「嗯。」馮千靜放手讓她去做，因爲她眞的很不會歸納整理。

她們的影印機就在窗邊，馮千靜雙手插入口袋裡轉身面向窗外，右手口袋裡已經藏著洪偉庭的交通卡，只要到任何輕軌或是捷運地鐵站，刷一下就能看見他最近所有的進出紀錄。

說不上來爲什麼懷疑他，或許是身形實在太像，既視感強大得讓她無法相信他，再加上他對林詩倪他們說謊後又音訊杳茫，這些都太過詭異了。

他說去問了余筱恩的同事嗎？她或許也應該去問問余筱恩的同事。

馮千靜深吸一口氣，她心底有個聲音，希望密室失蹤能有解答，甚至希望眞的是變態幹的，因爲那代表女孩子們都還有救，畢竟如果眞的遇上「都市傳說」——那回來的機會目前是零啊！

蹙眉才要回身，卻忽然在細雨紛紛的外頭瞥見了灰色的身影！

什麼！馮千靜立刻正首看向窗外遠方灌木叢與大樹邊的身影，灰色的人影就站在那兒，不躲藏不遮掩的戴著鴨舌帽，注視著她！

「馮千靜，我弄……呀！」林詩倪一轉身就看見了，手一鬆滑落了整疊紙，「是、是那個嗎……」

三十公尺遠，她居然看不見他的五官！只看見那雙眼睛，一如陳怡蓉所形容，亮得讓人無法忘記！

她不會追出去的！在她繞出影印問、衝出大樓時他早就逃之夭夭了！她要確認的是——「林詩倪，我要妳到外面去，盯著電梯跟樓梯，看有沒有認識的人進出！」

「咦？什麼？我？」林詩倪根本丈二金剛摸不著頭腦，反應不過來！

「快去！」馮千靜忽然大吼著，旋身就往外衝去了！

馮千靜一衝出去就選擇爬樓梯，三階當一階的向上奔跑，對於有在鍛練的她而言，區區五樓的樓梯根本不算什麼！

一路衝上五樓，她冷不防的推開社辦大門，這一次真的嚇到了一大票人，驚叫聲震耳欲聾。

「馮千靜！」連黃宏亮都嚇得跳起來了，「妳幹嘛嚇人啊？」

馮千靜臉不紅氣不喘的往裡走，鑽過了滿是椅凳的隙縫，看向沙發上坐著的人……除了毛穎德外，就是大角學長跟其他社員。

沒有洪偉庭。

「洪偉庭呢？」她平靜的問，目光卻鎖著毛穎德。

他察覺不妙的蹙眉，「走了，說他還有事，要我們保持聯絡。」

有事？馮千靜輕輕的闔上雙眼，能有什麼事？

盯上她，就是他的急事嗎？天殺的變態！

第六章 跟蹤者

夏玄允找到傳說的起點，他傳了一張照片過來，無論從外觀或是裡頭都只看見一間荒廢的屋子。

「沒人住了嗎？」毛穎德坐在社辦裡使用筆電視訊，馮千靜也窩在一旁看著。

『事情發生後就沒了！而且兩邊的隔壁棟也都沒人住、再隔壁也沒有！』夏玄允一邊移動鏡頭，一邊用手指著，『大家嚇得半死，沒人敢住在這裡。』

「怕什麼？」馮千靜喝著烏龍茶，手上抱著手機，「怕自己也遇上喔？」

『不是！說這裡鬧鬼！』郭岳洋說得很小聲詭異，像是電視配音效似的。

馮千靜偷偷用手指推了毛穎德一下，這角度夏天他們看不見，這位總是理智派、討厭「都市傳說」、斥神鬼之說的傢伙，其實是個陰陽眼……嗯，肉咖陰陽眼。

只有感覺而已，看不到什麼太特別的。

毛穎德專心的望著，那幾棟的荒廢狀態看起來就不是很順眼了，視覺上就阻礙了他的第六感。

「傳些什麼特別的？」這種地方會有傳聞是司空見慣，畢竟有個人在這裡失蹤的。

『很多啊，就是冤魂不散、半夜有人在哭泣、還有玻璃震動、敲門敲地板的聲音，反正都說是失蹤的女孩。』夏玄允把鏡頭移向自己，『但是他們都沒有想到，那個女生是失蹤，並不是在那邊身亡的！』

「一般民眾不會想這麼多，他們只會把自己的想像無限擴大，越想越毛而已。」他望著興奮異常的兩個人，「你們該不會要進去吧？」

『欸，哪有來到這裡不進去的道理啦！』夏玄允很開心了，『放心好了，我們會做萬全的準備，然後再用線上直播跟你們分享。』

「我不想分享這個。」馮千靜立刻起身走人。

『欸欸小靜不要這樣嗎！妳都不好奇的嗎？』夏玄允還在嚷著，馮千靜已經離開了鏡頭外！

「不要挑晚上去拜託！」毛穎德知道世界末日也無法阻止他們，「跟你約明天早上十點。」

『ＯＫ！我們也要先去拜訪一下起源點的父母，我們可是問到了很大的線索！』夏玄允露出得意的神情，『幾乎已經確定這位眞的是傳說的起點，她的父母就住這附近，始終相信女兒會回來。』

「正常，起源離現在不到十年，是有希望。」毛穎德看著坐在另一端的馮千靜，她一直在看手機，彷彿在等待什麼似的。「先這樣，我跟馮千靜還有事情要忙！」

『等等，忙什麼啦？』郭岳洋立刻轉頭過來，拿起筆準備紀錄，『換你們報告了！』

「你們兩個！快去吃飯啦！」毛穎德懶得理他們，「喂，西郊的名產記得帶一點回來！」

『沒問題！』手機那頭簡直像去觀光的觀光客，一點緊張感都沒有！

毛穎德切掉電腦，好奇的看向馮千靜，「妳是在等什麼？」

「嗯？」她瞥了他一眼，「不知道爲什麼，覺得有點心浮氣躁的。」

「妳下午衝進社辦時是爲什麼？妳問洪偉庭，可是他走了。」毛穎德又不是傻子，她衝進來那瞬間完全就是無人可擋的格鬥家眼神。

「我在樓下看到那個灰色衣服的傢伙，我想衝上來看看是不是他。」馮千靜聳肩，結果他不在。

「喂喂……妳懷疑洪偉庭？」毛穎德問著，她的手機卻響起了。

喜出望外望著電話，馮千靜劃上難得的笑容，「等等就知道囉！喂，您好，我是馮千靜……」

她拿著電話走出社辦，毛穎德眼神回到電腦上，LINE的圖片以另一個視窗跳出，是那棟荒廢的屋子，他刻意先別過頭去，得用直覺去審視，他不是什麼很強的陰陽眼，只是第六感比別人都準確。

也有小說中人人稱羨的「言靈」能力，但事實上能力本有分高中低，像他就是很微弱很微弱很微弱，微弱到二十四小時只能用一次就算了，還只能用在日常生活的雞毛蒜事。

與其這麼弱，老實說倒不如不要！

毛穎德深吸了一口氣，重新看向電腦，他還是看不出什麼問題，沒有什麼黑氣或是詭異的地方，或許是這棟屋子已經荒廢得夠像鬼屋了，看看藤蔓爬滿牆，窗戶的玻璃都已經被砸……

他瞇起眼，照片是不大，但是照片上怎麼好像看見窗戶邊有個……女生的臉！

什麼！毛穎德跳了起來，瞬間右手蓋上筆電，左手推了椅子向後！

「喂！走吧！」同時間，馮千靜步入出聲，嚇了他一大跳，整個人顫動身子！「……你幹嘛？臉色有點怪！」

「沒事！妳……妳突然出聲嚇我一跳。」他遲疑著要不要告訴馮千靜這件事，「要去哪？」

「去陳怡蓉學姐住的地方看一下。」馮千靜揄起包包就揹上身。

「現在？」毛穎德有點不可思議，「八點了耶，而且妳想去找什麼？不是看過了嗎？」

「白天跟晚上看又不一樣，而且……」她逕自向前走，不忘回首挑起一抹笑，「晚上說不定可以遇上『樓下的男人』！」

毛穎德看著她的背影，不由得翻了個白眼，抓起包包，再把筆電塞進去，趕緊跟了出去。

「馮千靜，妳知道嗎？妳也染上夏天病毒了妳！」

「不一樣！」她高聲回著，「我是實事求是，他是在傳說裡亂繞！」

還眞有話講喔！

馮千靜說約了幾個人要到陳怡蓉家一探究竟，結果到學校附近的輕軌站時，毛穎德卻發現來的人還不少，洪偉庭在那兒他有些吃驚，不過想想爲了女友自然，不過連黃宏亮、大角學長都到就很奇怪了！

「你們怎麼也來了？」上車時毛穎德趁隙問了黃宏亮。

「這麼重要的事當然要來啊！」黃宏亮使勁拍拍他的肩，「我們辦事你放心！」

辦事？辦什麼事啊？毛穎德立刻看向馮千靜，她若無其事的扶了扶眼鏡，找了空位坐下來。

「才一站而已。」毛穎德說著。

「噢，沒，我要先去別的地方。」馮千靜說得自然，毛穎德跟洪偉庭卻愣住了。

「去哪裡？不是要去筱恩那邊嗎？」洪偉庭立刻發難。

「會去，只是有更重要的事要辦！」馮千靜淺淺勾著嘴角，望向站在面前扣著拉環的洪偉庭，「是對余筱恩的失蹤有幫助的調查。」

「有找到什麼線索嗎？」洪偉庭亮了雙眸趕緊坐下。

馮千靜肯定的點頭，毛穎德卻極度狐疑的蹙眉，有什麼線索她爲什麼沒跟他說？瞞著他爲免也太不夠意思了吧？大角學長跟黃宏亮明顯的找別處坐下，兩個不時低首竊竊私語，讓毛穎德感覺似乎只有他被矇在鼓裡。

他仍舊站著不坐，就站在洪偉庭的身後，因爲洪偉庭現在急著想問馮千靜問題，因此角度成了背對他，這反倒方便他觀察馮千靜的神色。

「不過我想先問你，余筱恩是星期四凌晨時打給你的對吧？因為你睡了所以沒接到，LINE也沒看，一直到什麼時候才覺得有問題？」馮千靜認真的問著。

「我真的覺得有問題其實是……星期五晚上。」洪偉庭帶著愧疚的低首，「我打回去她都沒接，LINE也不讀，我以為她因為我漏接在鬧脾氣！星期五早上我就覺得不太對勁，但我沒多心，我只是傳LINE問了林詩倪，一直到下午她跟我說也沒見到她，我才驚覺可能有事！」

「所以你星期五坐夜車北上，就直接到余筱恩那邊了？」馮千靜彷彿在沉思似的。

「嗯，我跟林詩倪約好在輕軌站，因為我只來過兩次，巷子錯綜複雜的，我怕走錯！」洪偉庭心急的問著，「這些跟筱恩的失蹤有什麼關係嗎？」

「噢，我是想抓個時間表。」馮千靜輕拍了拍洪偉庭的肩，「還有怎麼都沒有人發現她不見了？」

「大學生……翹課也是常事，有時候幾天沒見人不會有人覺得奇怪的！」洪偉庭搖了搖頭，「身為她男友的我都沒注意到了，更何況是其他人！」

「說得也是！」馮千靜劃上滿滿的笑容，「我知道了，其他的等等就知道！」

那笑容大有問題！毛穎德看著她，她悄悄的對他使了個眼色，然後再繼續跟洪偉庭聊天，基本上這麼健談的馮千靜就代表不正常，她依然在針對洪偉庭。

輕軌一站又一站，大概在離學校五站的距離時，馮千靜站了起身，同時間黃宏亮他們也是，表示他們一開始就知道要在這兒下車。

「咦？」反倒洪偉庭露出錯愕的神色望著窗外飛掠的景致，皺著眉帶著吃驚訝異。

「下車囉！」馮千靜淡淡說著，直接踏出了車廂外，黃宏亮他們從另一個門出去。

「怎麼一臉好像很吃驚的樣子？」毛穎德笑問著，故作輕鬆。

「噢，沒有！因為我住這附近的旅館。」他剛剛才從這兒出發而已呢！

一行人魚貫離站，準備出匣口時，原本走在前面的馮千靜刻意慢下速度，甚至還拉了毛穎德往後，刻意讓洪偉庭先行，看著他從口袋拿出臨時幣，投入了匣口。

「那是單日票耶！」馮千靜問著，才尾隨他過匣門。

「啊……對！」洪偉庭有點無奈的把臨時幣放進口袋裡，「我原本有交通卡的，但是不知道掉到哪裡去了！只好先買單日通行。」

「是嗎？」馮千靜點點頭，「卡裡面有儲值嗎？丟了很可惜耶！」

「有啊，剛儲值而已！」洪偉庭顯得有點惋惜，「不過我的卡有記名，希望有人撿到可以送回來。」

「對啊，卡很方便的，不但可以用來購物，而且還可以回憶自己的行程！」馮千靜突然走向詢問處旁的機器，拿出自己的卡一嗶，「像這樣，螢幕上就可以顯現出我什麼時間進出哪個站，去過哪些地方……」

藍色的螢幕立刻跑出一串字樣，馮千靜最近去過哪裡一目瞭然，毛穎德好奇的走過去看，她除了回家外平常幾乎沒有太多休閒娛樂……如果拿夏天他們練息格鬥不算娛樂的話。

「是啊！」洪偉庭在旁點頭應聲，黃宏亮忽然掠過他上前，從口袋裡拿出自己的卡，也擱上了機器。

螢幕也跑出一串，這些舉動已經讓毛穎德跟洪偉庭搞不清楚，他們紛紛上前，看見密密麻麻的紀錄，頗令人驚訝。

「黃宏亮你最近這麼常離校喔？」毛穎德有些詫異，「你也跑這裡？還有跑學校下一站……好頻繁！」

不對，黃宏亮住學校周邊啊，他怎麼可能常跑到余筱恩住的那一站？黃宏亮只是笑著，滑動螢幕到了上一頁，標出一個特定的行程，那是上星期二，下午兩點從中央車站到這一站的紀錄……中央車站。

等等！毛穎德再往下看去，接下來是從這一站坐到余筱恩住的「大榕站」，中央車站離這邊很遠，上星期二？上星期二黃宏亮怎麼可能會不在學校？

站在他身邊的洪偉庭冷汗直冒，微顫著身子，毛穎德緩緩瞥過去，他全身緊繃緊握飽拳。

「你的卡？」他訝異的問，「你上星期二就在這裡了？」

「我跟黃宏亮今天實際按這個跑過了，也查到他上星期二早上九點坐火車過來，再從中央車站轉到這裡，先找飯店CHECK-IN，再立刻前往大榕站。」大角學長緩步走來，「我們跟林詩倪及阿杰確認過了，他們那天早上看到洪偉庭時，沒有看見行李……他們以爲他只有揹那個背包。」

洪偉庭忽然呼吸急促起來，緊張的猛吞口水，「你們、你們怎麼可以拿我的卡……」

「不小心拿到的。」馮千靜聳了聳肩，「沒辦法，我實在覺得那個戴帽子的男生太像你了！」

「到了大榕站後，他又到了夜市站，跟余筱恩同班車，我們大膽推測他是跟蹤她去唱歌。」黃宏亮接著說，「然後我們問了KTV附近的店家，確定他在KTV對面的麥當勞坐到凌晨，因爲他一直盯著窗外又待很久，所以服務生都有印象。」

「服務生有說穿著什麼衣服嗎？」馮千靜雙眼盯著洪偉庭，從未移開。

「灰色的連帽外套、長褲，還戴著鴨舌帽。」大角學長睨著洪偉庭，眼神充滿厭惡，「余筱恩他們離開的時候他也跟上，還因爲焦急弄倒了托盤，卻沒有清理就衝出去了。」

負責清理的服務生自然記得最清楚。

「接著又回到了大榕站吧？跟在余筱恩身後嚇她，然後守在她樓下？爲什麼呢？」馮千靜帶著質疑般的問著，「我們應該回到最前頭，你爲什麼上星期二會跑過來？」

毛穎德腦子飛快的運作著，無奈的嘆口氣，「你該不會懷疑她劈腿對吧？」

男人會幹這種事，不是要給驚喜就是懷疑，按照余筱恩的現狀，應該不是驚喜了。

「我下午讓玫瑰她們去幫我問余筱恩的同事，他們店長昨天被打了幾拳，就是跟洪偉庭起了爭執。」馮千靜適才就是在等這個消息，「他要店長交出余筱恩。」

「是他們不好！他們在搞曖昧以爲我不知道！」洪偉庭忽然大吼出聲，「他送筱恩東西，筱恩也越少跟我聯繫，動不動就店長店長的，我知道他想幹嘛！」

「所以你跟蹤她？燃後呢？發現他們唱歌互動得愉快就受不了了？」毛穎德擰起眉，暗自抽了口氣，「你站在樓下嚇她，上了樓……天哪，你幹了什麼事？」

「我沒、我沒有！我沒有對筱恩怎樣！」洪偉庭慌亂的搖著頭，臉色慘白，「我不可能傷害她的！我只是跟著她，確定她沒跟店長在一起！」

「她人呢？」黃宏亮不爽的喊著，站務員遠遠看了過來。

「我不知道！我眞的……我忘了！」洪偉庭狀似痛苦的抱著頭，「我記不得，我只記得他們從KTV出來……好愉快的樣子，然後我、我就……不記得了。」

「編藉口也編好一點的。」馮千靜冷冷的望著他，「帶我們去你的房間或許就知道了吧？說不定我們還能找到余筱恩。」

「沒有！筱恩不在我那裡！」洪偉庭激動的說，「我沒有……不是我幹的！

不是我——」

伴隨著暴吼，他突然轉身就衝出了站外。

「他應該是跑回旅館了吧，湮滅證據？」大角學長皺眉，「我眞不敢相信眞的是他！」

「報警了嗎？」馮千靜輕聲問著黃宏亮，得到肯定的回答，「毛穎德，幫忙去跟站務人員說一下！」

嗄？毛穎德滿頭霧水還沒問清楚咧，就被指派了任務，他看見站務人員走近，趕緊上去胡謅說只是同學吵架，抱歉吵到大家，他們立刻就會離開。

果然他回頭時，其他三個都走出站了，眞可惡還放他鴿子。

「喂！你們在搞啥爲什麼不跟我說？」

「沒時間啊，這種事要快，而且不想讓你分心。」馮千靜說得理所當然，「我一拿到洪偉庭的票卡就請大角學長幫忙去跑路線，也請林詩倪她們去問同事，果然跟我猜的差不多。」

「天……這還是很怪！」毛穎德咬著指關節思考，「這不能解釋密室的消失。」

「這部分再問他就知道了。」黃宏亮也難以置信，「我們想想眞的有理，余筱恩的失蹤跟他有關，說不定陳怡蓉學姐是發現了什麼也一起……」

沒那麼單純，毛穎德總覺得就算洪偉庭跟蹤女友，但是怎麼樣毫無痕跡的讓兩個女生消失，還殺死並分解一隻貓擱在門板後？

他們還沒到，旅館裡已經是警車滿佈，這裡跟學校是同個轄區，章警官跟同袍早已破門而入搜查，馮千靜他們只能站在外面踮腳偷看，看著他們從行李箱裡拿出……章警官刻意把衣服面向敞開的門口。

一整套的灰色運動服、外套及鴨舌帽。

「不是我不是我！」洪偉庭忽然抓狂般的大吼，警方趕緊架住他，「都是你們！你們太過分了誣賴我！那個賤女人劈腿，都是她的錯！」

猙獰、咆哮，洪偉庭忽然一反常態的露出狠樣，拼命掙扎，雙眼帶著恨意的瞪著他們。

「到底是在凶什麼啊！」馮千靜皺起眉，真不能接受別人挑釁。

「放開我！她行得正做得穩就不怕我跟蹤！賤貨！」洪偉庭還在吼，完全不像他們目前爲止所看見的洪偉庭。

但是沒有東西在他身上，毛穎德觀察著。

警方把他的行李全當成證據收走，房間也進行蒐證，很遺憾的沒有余筱恩或是陳怡蓉的蹤影，警方還會再向洪偉庭仔細盤問；章警官拿這群學生有點沒輒，雖然老愛以「都市傳說」亂來，但卻眞的找到了證據。

在做這些事前馮千靜都已經先跟他報備了，所以筆錄進行很快，毛穎德已經不想算自己第幾次進警局了，不過這次他最輕鬆，因爲不知情的他實在沒什麼好說的。

「啊……」馮千靜伸了個懶腰，「我的天哪！累死我了！每天這樣熬夜我會暈倒的！」

黃宏亮跟大角學長不約而同看了看錶，也才凌晨十二點多是熬什麼夜啦！

「感覺洪偉庭好像只認跟蹤，不認傷害及綁架余筱恩！」毛穎德在等他們做筆錄時聽見的。

「遲早會招的！」馮千靜倒挺有自信的，「看吧看吧！我看到監視器時就覺得怪，什麼『樓下的男人』，根本就是個變態！」

「馮千靜妳好厲害！從來不知道妳這麼俐落耶！」黃宏亮一副另眼相看的驚奇樣。

喝！馮千靜剎時發現不對，她忘記僞裝了！

「沒有……我、我就覺得監視器裡的身型跟洪偉庭好像喔！」這一秒她的聲音又變得如此微弱，輕輕的縮起雙肩往毛穎德身邊靠，「說穿了也是巧合啦。」

眞愛演。毛穎德悄悄翻個白眼，一行人終於回到學校。

「都市傳說社」專線響起，讓毛穎德警戒天線立即豎起，顧著做筆錄忘記把電話關成無聲了！只是拿起來一看見來電有點錯愕，從他凝重的眼神看得出來，這是通非接不可的電話。

「是林詩俔。」他說著，按下接聽並用擴音，「我是毛穎德，我們有幾個人在這裡，擴音處理。」

『毛穎德……那個……』林詩俔的聲音帶著顫抖，『我被跟蹤了。』

「什麼!?」

走在前頭的馮千靜一怔，不可思議的回過頭，被跟蹤？可是今晚一整夜洪偉庭都跟他們在一起啊！

「確定嗎？不要錯覺捏？」黃宏亮說著。

『不是錯覺，是那個男人，他一路跟我到我家樓下，我開窗就看見他了！』林詩俔哭了起來，『還好阿杰及時趕到了，他到了之後那個男人就消失了！』

怎麼可能……馮千靜深吸了一口氣上前，「妳有看到他的樣子嗎？」

『就是那樣啊，灰色衣服跟外套，還有鴨舌帽……我不敢去看他的臉！』林詩倪嗚呼的哭著，『如果不是阿杰來，我說不定、說不定……』

氣氛瞬間從興奮降到了冰點，毛穎德交代著要阿杰好好陪她，讓她放心後才掛上電話。

馮千靜變得沉默，她是哪裡想錯了？洪偉庭嗎？洪偉庭眞的並非「樓下的男人」？那今天在影印室外看到的那個難道不是——等等！她輕啊了聲，「天哪！」

「想到什麼了？」大家幾乎異口同聲。

「如果眞的另有其人，那下午我看到的那個人目標並不是我！」她怎麼忘了，當時影印室有兩個人，她跟林詩倪啊！

「共犯嗎？」大角學長首先想到的是這個。

「我不知道……」馮千靜蹙著眉，「我現在有點搞不清楚了。」

「我們先不要急，越急越亂，我們應該……」話說到一半，手機又嗶了聲，而且是每個人的手機同時響起LINE的提示音，毛穎德只是隨便瞥了眼，「先確認……」

望著手機，毛穎德沉默了。

其餘三個人發現他詭異凝重的眼神，紛紛迅速的拿起自己的手機，剛剛大家

台湾大大 3G
91 %
朋友 (12)
(1)
我家樓下有男人!

的手機都響了，表示那是群組訊息！

大家疾速的調出來看，四個冷光在夜裡看來格外令人膽寒。發LINE的是玫瑰，一排出現的文字只讓人背脊發涼：

『我家樓下有男人！』

第七章 起源探究

第三個失蹤案，玫瑰不見了。

這完全出人意料，玫瑰就住在學校旁邊，跟小霞合租一間較大的小套房，所以她壓根兒沒有擔心過這件事，而且大家的重點都放在余筱恩那一區。

從她發出LINE的訊息到大家趕過去不過短短五分鐘，她就失蹤了，門不僅反鎖，她住的那棟樓大門跟三樓的出入口都還有電子感應，自家房門是多段鎖，全部鎖死，可是她就是消失了。

小霞打工較晚回來，但從未超過十二點，她一回到家知道玫瑰失蹤，當場崩潰大哭直接暈了過去。

警方變得異常嚴肅，這是第三起了，女孩一個接一個失蹤，他們鑑識搜查類似的房間，玫瑰的狀況與陳怡蓉類似，只有些許碰撞，甚至不能斷定是被綁架時的掙扎，房間並無過多異樣，一個活生生的人憑空消失。

只是玫瑰不愧是「都市傳說社」的社員，她比其他女孩多留下更多的線索。除了發LINE給大家外，落在床底下的手機被找到時依然還在錄音模式！

「她那天好像有提到被跟蹤的事，只是我們誰都沒放在心上。」大角學長語重心長的說著，「她自己也認爲只是同路，沒有去深究過眞的被跟蹤。」

「她連提都沒跟我提過……我也是那天才聽到的。」小霞抽抽噎噎，悲傷得不能自己。

一群人在「都市傳說社」，氣氛異常凝重，其他兩個社團也都不好打攪他們，現在已經變得風聲鶴唳，好像不管是誰、在哪裡，只要是獨居女生……都要避免有落單機會。

今天不是社員大會，毛穎德甚至在社團發文希望大家暫時不要集會，不想社員被過度打攪；所以他們窩在鐵櫃後那窄小的空間，折疊方桌攤開，椅凳搬過來擠成一圈。

唯馮千靜坐在長條形的另一邊，獨自一人，顯得既苦惱又氣忿。

毛穎德叫大家不要理她，讓她一個人靜靜，他知道馮千靜很惱，從不明白自己為什麼會搞錯，乃至於把怒火都歸到了不知名的凶嫌——「樓下的男人」身上。

其實馮千靜並沒有錯，洪偉庭已經被證實的確有跟蹤余筱恩、也跟蹤過陳怡蓉、甚至連馮千靜都跟過！但是他瘋狂的言語讓警方難以判定哪句話是真哪句為假，還有錯亂的記憶，目前已經請了精神科醫師勘驗。

起因是余筱恩的漸行漸遠和疑似與店長的曖昧，引發了洪偉庭的嫉妒懷疑才進行跟蹤，但是他否認自己傷害過女友甚至綁架女友，可是卻對余筱恩、甚至是陳怡蓉失蹤時的行蹤交代不清。

這條線只是學生的他們無能爲力，只能留待警方調查，無論如何，在洪偉庭被拘禁的時候玫瑰出事，這就代表洪偉庭不是唯一的嫌疑者，還有別人。

毛穎德拿出手機擱在桌上，圍繞著桌子的有黃宏亮、大角學長、林詩倪、阿杰及小霞，大家紛紛屏氣凝神。

章警官放了玫瑰的錄音給毛穎德聽，沒料想毛穎德偷偷的也錄了下來。

「雜音會比較重一點，沒辦法，畢竟我是偷錄。」毛穎德深吸了一口氣，「開始了。」

鐵櫃邊站了其他社團的人，大家既好奇又緊張的望著，每個人都想知道失蹤的女孩究竟出了什麼事。

『沙……沙沙……天哪天哪！』玫瑰的聲音聽起來很慌亂，『這不是眞的！簡直是在開我玩笑吧！』接下來是撥電話的聲音，她報了警，請警方快點來，然後是雜亂的聲響，鍵盤聲噠噠，她發了推特，告訴大家她家樓下出現了那個傳說中的男人。

『呀！』尖叫聲突地拔高，嚇得圍在桌邊的人跟著彈跳，『不、不要！』咿，椅子拖曳，她彷彿站了起來，撞到桌子時上面的東西咚隆倒下，急促的呼吸聲非常明顯，她只怕是握著手機在胸前。

叩叩。所有人直起腰桿，聽見了，有人敲門！

『走開！我不認識你！滾！』玫瑰尖吼著，『你給我走開！』

叩叩，叩叩，敲門的頻率變快了，叩叩叩叩，越來越急、越來越大聲，接著是砰的撞門聲！

『我已經報警了，你還不快走！』玫瑰近乎歇斯底里的大吼著，這種音量即使是盜錄還是清楚，可是當晚旁邊的住戶無一人聽見。

敲門聲、撞門聲，突然都停了，只剩下玫瑰的低泣跟喘氣聲，單單從這樣的音調就可以聽出她的慌亂跟緊張，或許她正面對著門備戰，或許躲在床前，或許縮在牆角……

『妳明明喜歡我的！』

驀地一個再清晰不過的聲音傳來，近到似乎在手機邊出聲，所有人都跳了起來，遠離了方桌，女孩子尖叫摀嘴的無法置信！

『哇呀——』驚恐的尖叫聲旋即傳來，只遲續了兩秒，玫瑰的聲音就消失了。

錄音裡陷入一片死寂，徹頭徹尾的安靜，除了雜訊的沙沙音外，聽不見一絲聲響，沒有拖曳沒有碰撞沒有掙扎，彷彿這房裡根本無人存在般，最後是慌亂的敲門聲。

『玫瑰！玫瑰妳在嗎？』那是毛穎德的聲音。

至此，毛穎德伸手按上停止鍵，唯有他八風吹不動的雙手還擱在桌上，望著彈坐而起的社員們淺笑，他初次在警局聽到時只有錯愕，來不及驚嚇。

「就、就這樣？」黃宏亮錯愕至極，「我什麼都沒聽見啊！」

「他是怎麼進去的，他那個根本是在玫瑰耳邊說話吧！」大角學長完全不可思議，「誰聽見開門還是開窗聲了？不可能完全沒聲音啊！」

「天哪……」小霞驚恐的抱著頭，「他會不會是那、個，牆根本無法阻擋啊！」

林詩倪不發一語，臉色蒼白得不停發抖，偎在男友懷裡，她現在是最該害怕的人，因為她昨晚被跟了……就在玫瑰失蹤前一小時，阿杰來了之後那個人才離開，然後去了玫瑰那裡。

「像是一瞬間蒸發似的，所以房間維持整齊嗎？」

好不容易，對角的馮千靜終於開口。

毛穎德微仰起頭，越過對面的同學看向她，她雙手抱胸，身子依然呈現緊繃，「不用常理推斷的話是這樣沒錯。」

陳怡蓉跟玫瑰是一樣的，可余筱恩不是。

「天哪！我好怕！爲什麼又是我!?」林詩倪終於哭了起來，「我才遇過紅衣小女孩，爲什麼現在又、又讓我碰上『樓下的男人』!?」

唉，要是夏天在現場，一定會說她跟「都市傳說」特別有緣！

夏天？毛穎德趕緊看向手機，不知不覺居然快十點了，跟夏天約定要視訊的時間快到了……等等，他爲什麼要答應看他的直播？在這種時機點？

「我現在只能祈求玫瑰平安，大家都平安。」毛穎德說著不著邊際的廢話，「我們等等要跟夏天視訊了，可能得請大家離開。」

「爲什麼?」大角學長皺眉，「有什麼不能讓我們知道嗎？」

「是啊，事情現在都這樣了，我們的社員一個失蹤一個有危險耶！」黃宏亮說得理直氣壯，阿杰聽在心裡只是一揪，護著女友更緊，「我們也想知道他們有沒有找到什麼！」

小霞站了起身，顫巍巍的搖頭，「我不要……我不想看，對不起對不起！當初進社團是玫瑰拉我的，我會怕啊！」

淚如雨下，她緊咬著唇抓過包包，一邊道歉一邊就往外頭衝去。

阿杰拍拍林詩倪，低聲問她是不是要離開，如果會怕的話其實……「我才不要。」林詩倪斷然拒絕，「要面對才有活路，我上次能面對紅衣小女孩的事，這次就、就可以——」

阿杰嘆口氣，「我會陪著妳。」

小倆口的手緊緊牽握，大角學長跟黃宏亮紛紛拍拍他們的肩頭，表達關心與加油。

馮千靜站了起來，從桌邊繞到毛穎德身邊接過他遞出的電線，他正在架設筆電，她負責跟西洋棋社借延長線。

「你們要跟誰視訊？」西洋棋社好奇的問。

馮千靜淡淡瞥了他們一眼，「我們社長找到傳說的起源，第一個失蹤女生的房間，聽說現在鬧鬼鬧得嚴重，他要用手機直播播給我們看。」

西洋棋社的人陡然一僵，瞬間慘白，把延長線交給她後，火速離開了社辦；大角學長他們詫異的交換眼神，他們以為只是「視訊」，不知道是「直播」咧！

「用直播軟體啊！」大角學長抓了抓頭，「虧你們想得到，連探鬼屋都用直播！」

「選這時間不會有什麼事，而且房間的玻璃早被砸破，陽光透得進去的。」

萬一鬧鬼的話，至少夏天他們站在窗邊就不會有事。

「要他放心得下夏天，怎麼可能！」馮千靜還有空開玩笑，「盯著才放心呢！」

在場社員先是愣了幾秒，然後不約而同的哦~了一聲，原來喔！

「哦什麼啊你們！」毛穎德氣急敗壞的把筆電轉了一百八十度，跟著起身換位子，不然他剛剛的位子身後就是牆，擠不了這麼多人。「妳不要每次都用那種奇怪的口吻！」

「我又沒說錯，憂心忡忡的咧！」她挑眉，這兩個男人的感情超級難以形容的呢！

十點，夏玄允準時的來電，說他們已經準備好了，等等會丟給毛穎德一個網址，他只消點進去就能夠與他們同步了。

『洋洋負責拍，爲了避免意外會拍不全，所以我們把手機綁在頭上了！』夏玄允一臉得意之作的模樣，鏡頭拍到郭岳洋額前綁了一條髮帶，髮帶上黏著手機架。

還眞有他們的……大家輕笑起來，讓氣氛稍稍輕鬆些；接著夏玄允掛上電話，毛穎德則趕緊用筆電點進該網址，一開始有點LAG，不過很快的就看到了之前照片裡那棟荒廢的建築。

三樓公寓，外頭略微斑駁，藤蔓植物彷彿也知道這兒已無人煙的恣意生長，窗戶上的玻璃都已不在，看上去是被砸破的，窗邊條都還有些許玻璃殘留，手機架在郭岳洋頭上，所以只能看見夏玄允的身影。

『我們已經取得屋主同意了，當初那個女生叫張雪勻，失蹤時是大一，我們也已經確定她失蹤十年至今沒有找到，在網路上流傳的第一篇就是她發的。』夏玄允邊說一邊倒退著走，推開了根本沒上鎖的外牆木門。

『夏天你不要倒退走很危險啦！』這聲音很近，異常清晰，是郭岳洋在說話。

同感，毛穎德默默點頭，夏玄允高舉著手電筒，穿過小方院，來到樓下開啓的大門。

「感覺好像在看電影……」黃宏亮壓低音量說著。

「我覺得好可怕……不知道會拍到什麼東西!?」林詩倪打了個寒顫，可是還是堅持待在這裡。

夏玄允跟郭岳洋雙雙進入了樓梯間，的確昏暗雜亂，垃圾到處都是，這倒是令人匪夷所思，爲什麼鬧鬼的地方反而都變垃圾場了？他們雙雙開啓手電筒，雖說樓梯間有窗戶，但藤蔓植物遮去了大部分的光線。

樓梯間的牆上到處是塗鴉，看來傳聞雖凶還是很多人到這兒遊蕩，張雪勻住在三樓，他們一路抵達，生鏽的鐵門緊緊關著，夏玄允拿出了鑰匙。

『這是屋主給我們的，他們已經很久很久沒來過了！』夏玄允活像在主持節目似的，還對著鏡頭解說。

「你可以直接開門嗎！」毛穎德無奈的說，「速戰速決，又不是在做節目！」

『厚，你不要這麼掃興嘛！這是我們都市傳說社第一次出外景耶！』夏玄允說得煞有其事，『這些影像要保留起來的！』

「認眞點！」毛穎德嚴肅的唸著，他沒有忘記昨晚在照片裡看見的……窗邊的人影。

聽見夏玄允碎碎抱怨，但還是很快把鑰匙插入鑰匙孔——看起來相當吃力，畢竟都已鏽蝕，接著他緩緩轉動，喀的一聲，門似乎開了……對，似乎，因為好像沒有動靜。

『是不是卡住了啊？』身後的郭岳洋問著，『沒開啊！』

『我鑰匙還拔不出來咧！』夏玄允正在使勁，兩個人在門前手忙腳亂，鏡頭晃到讓人想吐，突然間喀嚓一聲，門的軸心那兒動了！

咦?眾人隨著郭岳洋的鏡頭轉動而向左看去，鐵門的軸心迸開，在那兒晃呀晃的！

『哈哈哈哈！』那邊兩個人居然大笑起來，『好蠢喔！居然從這邊開門！』笑聲不絕於耳，夏玄允跟郭岳洋合力把鐵門從軸心那邊扳開，在使勁的同時整扇門都給拆了下來，笑聲更加響亮，在空盪森幽的昏暗樓梯間裡迴盪著。

筆電這邊，所有人根本不發一語，大角學長甚至皺著眉，不瞭解到底哪裡好笑！「他們兩個還眞的一直都這樣……明明該是特別注意的時候。」

「唉，你們才知道。」毛穎德趕緊回頭，「我就是擔心這個！絲毫沒有分寸！」

「看，他們進去了！」

大家專注的回到螢幕上，鏡頭裡照著他們果然走進了屋裡，當初張雪勻也是住在一層多間的學生租屋，那裡比余筱恩住的地方小了許多，隔間較多，一進去先是陽台，跨進去後有個大概一坪大的小玄關，接著就是一間間如火柴盒般的宿舍了。

『張雪勻住在第一間，算是邊間，所以她會有兩面窗戶，一面跟樓下大門同向，另一個是側邊。』夏玄允認眞解說著，指向他們一踏進玄關的第一間。

剎那間，坐在電腦前的毛穎德微打了個顫，他彷彿看見透光的門縫底下有什麼東西一閃而過。

依在他身邊的馮千靜因爲手肘碰觸他所以感覺特別明顯，偷偷用眼尾瞄向他，看來他是感覺到什麼了！

夏玄允又拿出另一把鑰匙，大角學長他們下意識的互相牽握起手來，氣氛簡直緊繃到極致，聽見喇叭鎖開啓的聲音，然後他們推開了門——數人倒抽一口氣的聲音同時傳來，加重了緊張的情緒。

房門推開，裡面是凌亂的場景，但是所有東西都還在，紊亂的被子、滿是物品的地板、翻倒的桌子、東倒西歪的鞋子，所有東西上頭都罩上厚重的灰塵，包括桌上那台早被時代淘汰的沉重電腦螢幕。

『哇塞……咳咳咳！』夏玄允咳了起來，陽光從破掉的窗子照入，可以看見紛飛的粉塵，滿間都是。

『她的東西完全沒有搬走耶！全部都在！』郭岳洋也往前走，伸手往那書桌上一抹，十年的灰塵驚人。

夏玄允逕自往窗邊走去，窗邊會有許多砸進來的垃圾跟石子，他在那兒隨處看了一下，郭岳洋則認眞的看著房間每個角落，深怕有哪兒沒錄到似的；門邊的角落有個衣櫃，是簡易型的塑膠布衣櫥，郭岳洋走到拉鍊半開的衣櫥往裡頭照，衣服也都原封不動。

『聽說現場就保留著當初她失蹤時的樣子，房東不敢動，家屬不願撤，加上是懸案，所以從抱有希望一路到希望幾乎破滅。』夏玄允幽幽說著，仰頭環顧四周，『看看牆壁……是不是跟余筱恩的家一模一樣？』

牆壁？郭岳洋趕緊來到屋子中間，慢速的原地旋轉，好讓大家看見灰濛濛的牆上，那些已經乾涸轉成褐色的抓痕，張雪勻住的地方牆壁以白漆粉刷，他們看見的卻是連白漆都抓到脫落、露出裡頭灰色水泥的牆面。

血跡斑斑，張雪勻房裡的抓痕比余筱恩多出好幾十倍啊！

「她究竟遇到了什麼事……」阿杰忍不住喉頭緊窒的說，「那個牆、連天花板都有！」

「天花板？眞的假的？」有人沒看清楚，郭岳洋立即抬頭，定格好讓鏡頭對焦拍得清楚。

可不是嘛，連天花板上都有抓痕，這就有點……詭異了吧？

「她是怎麼爬上天花板去抓的？」馮千靜忍不住問了，「余筱恩房裡的抓痕多半都是在身高所及，不管是地板或是牆上，都可以看出來是掙扎時留下的，可是這裡……連高牆面都有！」

「床邊的牆也有……」林詩倪脆弱的聲音傳來，「她是在床上抓的？」

過多的抓痕反而讓大家困惑了，四面牆連同天花板都是，張雪勻當初失蹤時究竟是面對怎麼樣的狀況，連天花板都能上去？

「喂，不說別的，你們仔細看床旁邊那面牆的痕跡……郭岳洋，你看牆一下！」大角學長忽然探身往前，指向螢幕，「你仔細看這個，抓痕跡好像是反的……」

正常來說，抓痕是前端較粗且深，後端淺或幾近沒有，那是大角學長指著的那個抓痕卻是……下端深、上端淺，馮千靜歪了頭倒過來看，活像是……把手反過來抓的？

「這是要倒吊著抓嗎？」馮千靜邊說邊模仿著姿勢，從天花板爬下來，然後手這樣抓？

這個發現讓所有人都愣住了，連現場的郭岳洋都趨前，看著那樣上下顛倒的抓痕根本不只一個，到處都是啊！

『夏、夏天？』郭岳洋喚著，『好像眞的怪怪的？』

『天花板都有了當然怪！』夏玄允望著天花板，『誰來告訴我要怎麼樣才能在這上面抓出這麼多抓痕？』

「不要探討那個。」毛穎德立刻接口，「該錄的都錄到了，快點走了！」

他覺得很不安，那些抓痕、不正常的位子，讓他覺得此地不宜久留！

不過……夏玄允意猶未盡，他轉過身子，走向了電腦，郭岳洋跟著過去，還蹲下來望著主機。

『哇塞，這好久之前的機型喔，你覺得這裡還會有電嗎？』鏡頭如同他的雙眼，望著電源鍵，連手都伸出去了。

「不許碰！」這句話來自於馮千靜及毛穎德的異口同聲，他們激動的同時喊出，身子都緊張的向前了。

是有病嗎！想也知道沒電了，爲什麼想去碰電腦！馮千靜擱在桌上的手暗自握拳，要不是有外人在，她一定吼出來了。

『嚇我一跳，這麼大聲！』郭岳洋呼了一聲，好像眞被嚇到了，『這邊都沒繳電費應該也斷電了啦！』

他轉向左邊，鏡頭照向夏玄允，他正彎著身打量著那台沾著厚灰的電腦，雙眼燦燦發光啊。

『這是當年張雪勻最後使用的電腦耶，她用這台電腦紀錄下了新的都市傳說，那個樓下的男人……』他邊說還一臉感動的樣子，『洋洋，你到電腦後面去一下！』

『厚不要叫我洋洋啦，你這不是要放在社團直播電影區，很難聽！』郭岳洋忍不住咕噥，『叫我小郭啦！』

『這麼計較，好！郭岳洋！』夏玄允勉爲其難的指向電腦後面，『你蹲在那邊看我，假裝拍我要打字的樣子。』

「夏玄允。」毛穎德沉下了聲音，「別鬧，你們在幹嘛？快離開啦。」

『就一下下，讓我做個ENDING！』夏玄允對著鏡頭比出大姆指，做了個深呼吸後，居然一屁股坐上了那灰塵遍佈的椅子上頭，『唷唷，有點搖……好，當年張雪勻就是坐在這張椅子上，慌亂的在推特上跟網友們報告她看見樓下男人的過程……』

夏玄允活像在拍什麼節目似的，還在描述當年的狀況。

「是我錯覺嗎？」林詩倪的聲音帶著顫抖，「你們有注意到這間房間……沒有蜘蛛網嗎？」

按照常理，荒廢許久的屋子一定滿屋都是蜘蛛網，也有蟲子及小強爬來爬去，但是這間連玻璃都沒有的房間裡，卻只有灰塵！沒有蜘蛛網表示沒有蜘蛛，沒有生物接近這裡代表——

每個人都瞪大了眼睛，心照不宣，兩眼打直的盯著螢幕裡的夏玄允，他該走了，他真的該走了！

毛穎德緊張的嚥了口口水，也緊握飽拳，不時的打斷夏玄允，「夏天，立刻離開，我跟你說真的。」

『好了！要走了！』夏玄允沒好氣的嫌煩，『走吧，郭岳洋！』

郭岳洋點點頭，鏡頭晃了一下，然後三道鮮明的血痕，突然在夏玄允身後的柱上無中生有了！

「哇呀——」每個人都看見了，那種刻意的慢速抓痕實在太明顯了！

正要起身的夏玄允也嚇到了，『怎樣啦你們？』

「後面！你後面的柱子上！」黃宏亮迫不及待的吼著，毛穎德來不及制止！

後面？夏玄允立刻回首，郭岳洋也站了起身，他們身後是有根柱子，柱子上頭一堆抓痕，白漆都掉落到只剩下水泥牆面，血早就乾涸成咖啡……咖啡色？

郭岳洋越走越近，看著柱子上方接近天花板之處，竟有著鮮紅的抓痕，方向是倒吊的，而且還有新鮮的血珠從指尖往下滑落……夏玄允睜大雙眼，他倏地上前緊握住郭岳洋的手：該走了。

說時遲那時快，唰唰唰一堆抓痕突然密集且迅速的在那根柱子上劃出，有顛倒的也有正常的，有的甚至高度與郭岳洋一般，彷彿有個人正在他們面前抓著牆！

「跑！」馮千靜忍不住大吼，不要呆站在那裡了！

砰！後頭傳來巨響，郭岳洋下意識的回頭，他們看見整張電腦桌居然原地搖晃個不停，像是有人抓著桌子在搖一般，而剛剛夏天坐的那張椅子不但已然倒地，甚至在他們面前被拎起，拖曳般的朝窗邊移動！

「夏玄允！跑啊！」大家忍不住大吼著，他們傻掉了嗎？

郭岳洋動也不動，只聽見他的喘息聲，鏡頭看不見夏玄允的位置，只看見那張椅子騰空飛起，狠狠的往窗邊的牆壁上摔去，瞬間碎成好幾塊。

忽然鏡頭往後，開始劇烈搖晃，看起來像是在奔跑，郭岳洋這才正首，前方是夏玄允的背影，看來是他拉著郭岳洋往外衝了！

接下來的狀況除了亂之外就是嚴重的暈眩，鏡頭亂七八糟的晃動，一路下了樓梯、衝出前院，然後回到馬路上……好不容易鏡頭畫面停了下來，照著柏油路面，然後是郭岳洋的喘氣聲。

『天、天哪！你有沒有看見……』郭岳洋的聲音極度驚恐，『整個房間裡的東西，還有跑出來的抓痕！』

『你沒看到的更多！角落那個塑膠布衣櫥裡好像有什麼東西要衝出來似的，從裡一直推著布面！』夏玄允也是上氣不接下氣，『還有地上的東西都被踢開滾動，你盯著窗戶就傻了啊！』

『我、我不知道……』郭岳洋的聲音這才浮現顫抖，抬起頭來，鏡頭照著夏玄允的腳，『我看見電腦桌在晃，鍵盤被揮掉，那張椅子好像被人舉起砸過去……然後、然後……』

『然後你連我拉都不動！』夏玄允唉唷的喊著，『我的天哪……傳聞不是假的！』

郭岳洋緩緩站起身，鏡頭終於對到驚魂甫定的夏玄允，然後他再看向更遠更遠的那間屋子。

『夏天……』郭岳洋的聲音很輕很慢，『我剛剛不是在發傻，我是看見牆上在寫字。』

什麼!?筆電前的人都驚愕得張大眼，「剛剛誰看到了？」大家都搖頭。

『寫什麼字？』夏玄允臉色忽然正經起來，也直起身子。

『正在寫，我眞的看見像血書一樣在窗戶旁邊的牆上寫著！』郭岳洋舉起右手掌，『不是抓痕，有指頭這麼寬。』

夏玄允望著他，也彷彿在望著鏡頭望著大家，眼神略沉，正在思忖；大角學長他們低聲討論剛剛誰看見寫字了，沒有人瞧見，看著屋子裡突然憑空出現抓痕，聲音大作，桌子震動椅子移動飛起，誰有辦法看什麼啊！

馮千靜擰著眉看向身邊的毛穎德，他從房裡出現抓痕後眼神就沒離開過螢幕，幾乎眨都不眨眼。

「再去一趟嗎？」她幽幽的問。

「咦？」黃宏亮倒抽一口氣，「要他們再去一趟？太誇張了吧！」

毛穎德就是在掙扎這件事，他看見了！牆上的確有東西，但他不是看到字體，而是看到好幾個模模糊糊的影子在牆邊。

可是剛剛發生那種事，還讓夏玄允他們再進去一次，簡直是以身犯險。

「喂，夏天，聽見了嗎？再去一次如何？」馮千靜俯頸往前，對著桌上的手機說著，「說不定牆上有什麼訊息，不管是什麼，但不去看就不會知道。」

『再去一次嗎？』夏玄允轉過了身，背影看起來相當緊繃。

「太危險了，我們根本不知道那裡面有什麼。」毛穎德總算出聲，「不要再靠近了，沒必要犯險。」

「如果是我我會去。」馮千靜居然接口，「不是因爲我在這裡才說風涼話，你們知道我會去的。」

夏玄允回過身，拿出上衣口袋裡的手機，「小靜……」

「我相信。」林詩倪忽然出聲，馮千靜與之四目相交，她投以堅定的眼神，「上一次妳就這麼幫了我們大家，我不是在鼓勵夏玄允他們去冒險，我只是單純相信妳會……去的。」

「謝謝。」馮千靜露出難得的笑容，正首繼續對著手機，「勝利，是給堅持到底的人！」

喔喔喔！郭岳洋瞬間單手握拳，雙眼迸出熱血模樣，毛穎德看著橫在他面前的馮千靜，這該不會又是身爲「格鬥者小靜」時說過的哪句話吧？

「太危險了！」他刻意壓低聲音，用嘴型對她說著。

「你不想知道上面寫什麼嗎？」馮千靜也低聲回應，「我覺得要傷害他們多的是時間，把爪子往他們身上招呼不就好了，何必在牆上做文章！」

上一次，她面對紅衣小女孩時就有這樣的想法，要傷害早就傷害了，不會多做一些畫蛇添足之事。

「我想知道，但是……我如果在那邊我就去，不要鼓勵他們……」

『我們去！』手機那端打斷了他們的爭執，他們倆立刻看向螢幕，鏡頭裡是夏玄允豎起大姆指，『不進房間，就在門口拍，應該會好一點！』

「夏天……」大角學長覺得不太安心。

『沒有錯！我去拍，夏天幫我把風！』郭岳洋的聲音語調突然變得激昂起來，『總之要去看才知道是什麼，勝利是留給堅持到底的人！』

身爲格鬥迷的郭岳洋，不會不知道「小靜」上一期的專訪，還有專訪裡所說的話！

下一秒他們居然用跑的回到廢棄建築，毫不猶豫的再度進入樓梯間、重返三樓，一切看起來都很平和，毛穎德緊張得冷汗都從頰旁滑落，連馮千靜也都屏住呼吸。

房門未掩，他們剛剛出來時根本是落荒而逃，誰有時間關門啊！

『我進去囉！』郭岳洋的聲音其實聽起來很害怕。

「等等！」毛穎德忽然叫住，夏玄允即刻拉住郭岳洋，「先跟裡面打聲招呼。」

『蛤？』

「就是說那個對不起打擾了，但我們剛剛看到牆上有寫字，想說是不是有什麼要跟我們說之類的……」毛穎德覺得還是先禮貌些比較好。

收到，夏玄允跟郭岳洋非常禮貌的對著房間說了一遍，然後鏡頭拍著郭岳洋的手緩緩推開了陳舊的門……咿……

鏡頭裡映著如同剛剛一樣的房間，不同的是椅子碎在窗邊的地板，鍵盤掉落在地上，可是窗子邊並沒有什麼文字。

「沒有？」阿杰彎下了腰，「有什麼字嗎？」

郭岳洋認眞的看了一遍，什麼都沒看見，毛穎德細細思量，怕是錯過了剛剛那個機會了。

「離開了，就看不到了。」他輕聲說著，「回來吧，你們。」

兩個男孩失望極了，鏡頭拍著他們的腳，表示郭岳洋是低著頭走出來的……只是突然間，他定住了。

『等我一下！』鏡頭裡是錯愕的夏玄允，郭岳洋的聲音，下一秒他居然轉身衝進了房間裡！

『郭岳洋！』夏玄允的呼喊聲傳來，但鏡頭已經又開始跳躍，網路傳輸本來就有點慢，加上鏡頭亂晃，整個出現LAG！

放我們
出去

「喂！搞什麼！」毛穎德緊張極了，「出聲！」

『哇——不是故意的！喂——』影像定格還是剛剛的殘像，但是手機的聲音倒是很清楚的傳來叫聲，『小心杯子！』

砰！喀啦喀啦，一如剛剛的聲響再度傳來，東西掉落、桌子晃動，鏡頭終於又開始動了，所有人緊張得快要忘記換氣，期待著螢幕能出現正常畫面的時候——剎！

陽光從毀掉的窗戶邊照射進來，郭岳洋正定定望著窗子，窗邊上的白牆出現紊亂的血跡，歪歪扭扭的痕跡。

放、我、們、出、去！

第八章 重返503

那是用手指寫的字，儘管血液不足，痕跡亂七八糟，但是從錄下的畫面還是可以看見憑空出現在牆上的筆劃；五個字疊在無數血抓痕上，藏著數不清的情緒，不知道是恨、恐懼、怒吼還是悲傷。

「我們」那兩個字最爲沉重，同時出現的抓痕，同時出現的各式「靈騷」，其實源自於「不同人」。

那一幕讓所有人震驚，也震撼了馮千靜，更讓她果斷的做出驚人的決定。

「爲什麼要重返503？」站在余筱恩家樓下時，毛穎德可謂是百感交集，「我也不是說不能來，但何必非得挑晚上來？」

「要我說幾遍啊，不入虎穴，焉得虎子！我們要製造最適合的環境，去得到我們想要的！」

唉，毛穎德只是長嘆，「不知道爲什麼，我連跟妳爭辯的力氣都沒有了。」

他回頭，看著站在遠方的兩個男生，他們看上去簡直嚇壞了，不過願意陪他們走到這裡已經很夠義氣的了。

「回去吧，不敢上來就別來了。」毛穎德輕聲說，已經要十一點了。

「你們眞的要上去喔？」黃宏亮只覺得發寒，「這時間去現場好像……不太好。」

餘音未落，馮千靜已經開了樓下大門，鑰匙是從林詩倪那兒拿來的，因爲之前陪伴之故，所以她有陳怡蓉的備份鑰匙；503號房事件發生後根本沒鎖，只要樓下跟五樓的大門開了，他們便能順利抵達503。

其實這情況不意外，黃宏亮跟大角學長上次也爲紅衣小女孩的都市傳說所苦，更沒忘記馮千靜曾在夜半三更躺在濕漉漉的馬路上，就爲了一會令人心驚膽顫的紅衣小女孩！她外表看上去文靜內向怯懦，但遇到事情時卻勇往直前得驚人啊！

「還是我們在這裡等你們，萬一、萬一有狀況立刻支援？」大角學長提議著。

「不妥，等等你們會被當成『樓下的男人們』，嚇死這邊的同學不說，動到警方就更不好了。」毛穎德輕笑著，「我跟她上去，你們快回去吧！」

哇靠！黃宏亮、大角學長紛紛搖首，這兩個……不，這四個人是哪來的膽量啊？夏天跟郭岳洋爲了「都市傳說」可以不顧一切，問題是毛穎德跟馮千靜他們感覺沒有很迷啊，那這勇氣是哪兒來的？

看著毛穎德也走進裡頭，爲了以防萬一，他刻意不關樓下大門，總要設計一條逃生的路。

「唉！」黃宏亮望著那扇門，不耐煩的嘆了口氣，「我覺得我現在如果回頭坐車回家，我會笑自己是俗辣！」

大角學長瞇起眼，狀似痛苦，「我們幹嘛加入這個社團啊！」

兩個男孩對望一眼，一起哎唷了聲，立即邁開腳步往前跑，竟跟了上去。

來到五樓，這層樓當然已沒人住，501算是逃之夭夭，兩個樓友宣告失蹤誰還住得下去！天曉得五樓這裡有什麼？所以馮千靜是如入無人之境，一點兒都不需要擔心。

回頭留意到多了兩個人，她有點訝異。

「他們怎麼跟來了？」馮千靜回頭低聲，叫毛穎德靠近些。

「不放心我們吧！」毛穎德輕笑，「很夠意思了。」

馮千靜笑了起來，她越來越喜歡黃宏亮跟大角學長了，只是裡頭房間並不大，能同時擠四個人進去嗎？但是人多也不錯，拍照搜證什麼都能快些。

「妳確定要進去？」毛穎德帶著無奈，看著503的房門。

「從張雪勻的房間狀況，大家應該也感受到什麼了吧！」馮千靜全身進入警戒狀態，邊說話邊扭頸子邊扭骨頭的，喀喀作響，「我們找錯地方了，我覺得余筱恩的房間裡有譜。」

是啊，大家都感受到恐懼，還有：到底有幾個人在裡面？

「妳覺得余筱恩的房裡也有……很多嗎？」黃宏亮拼命壓低自己的音量，「可是、可是張雪勻是十年前的事，她們不在人世變成阿飄還有可能，余筱恩他們也才失蹤一下下……」

「重點不是在失蹤多久或是生是死吧！」毛穎德回頭瞥向他們，「重點應該是在於她們被困住了！」

「困住……」大角學長直覺得難以理解，「好，我先問，我們進去後要做什麼？有備案嗎？」

「先進去看看裡面有什麼吧！」馮千靜回答得理所當然，「只有余筱恩的房間跟張雪勻的一樣，像戰爭過後、又有抓痕，別忘了還死過一隻貓……」

她一邊說，隻手已經握上門把，學校的失蹤從這裡開始，就得從起點去尋找！

轉動門把，果然沒鎖，她輕輕的推開——電光石火間，毛穎德倏地拉住她的手！

「厚！」馮千靜嚇了一跳，「你故意的喔！」

「不是，我只是覺得貿然進去不好。」毛穎德硬把她往右邊拽，「先打聲招呼，再開燈，或是先探裡面有什麼！」

馮千靜皺眉，「這我不會。」

毛穎德立刻在嘴裡喃喃唸著，多半都是打擾了等等話語，跟他教夏玄允的一樣，黃宏亮、大角學長也如法炮製，把這房間當外宿住旅館時一樣，多說一句話也不會少塊肉對吧。

「這個。」毛穎德接著拿出一個鏡子，「先探一下。」

馮千靜接過鏡盒，眉頭皺得更緊了，「你在演警匪片嗎？」

「萬一裡面有……眞的人怎麼辦？」毛穎德是用嘴型說的，「如果是眞的凶嫌躲在門後呢？」

喔喔喔！馮千靜雙眼一亮，對啊，她差點被夏天病毒侵蝕了，自從玫瑰失蹤加上夏玄允的鬼屋直播後，她幾乎就已經將方向轉去「都市傳說」，差點忘了還是有可能是人類所爲！

就算不是洪偉庭，也可能是別人啊！他們在這裡講了這麼多話，天曉得對方會不會在門後等著埋伏！對！

馮千靜打開鏡盒，示意大家都蹲下，也是避免萬一裡頭有人攻擊的角度，門先推開一小縫，咿……所有人不動聲色，聽不見動靜，然後馮千靜悄悄的塞入鏡子，往裡頭照著。

老實說眞的太暗了，房裡沒開燈，鏡子反射照什麼都是黑的，加上余筱恩有窗簾遮光，鏡子左轉右轉，什麼都看不清……一旁的毛穎德說著門後，她努力的調整角度，往門板後照映去。

鏡子並不小面，右手邊毛穎德可以瞧見，黃宏亮他們也湊過來想瞥一角，然後看著黑七抹烏的房間，門後看起來也空無一人！

所以馮千靜比了個OK，扶著旁邊直接起身——光亮的鏡子由下而上，忽然一張慘白的臉倒映在上頭！

「哇啊——」大角學長驀地叫出聲來，眞的有人站在門後！

「學姐！」馮千靜立刻認出來是陳怡蓉，二話不說推開門就闖了進去！

「馮千靜妳慢點！」毛穎德抓住她的手本想叫她緩些，但也一腳跟著踏了進去。

進房間的瞬間，他不知道是不是太快蹲下站起造成的暈眩，讓他失去重心，頭昏眼花的往前撲去；馮千靜趕緊用雙手撐住倒過來的他，這傢伙不輕耶！

「你這麼大隻會貧血喔？」馮千靜問著。

「沒有過啊！」幸好頭暈的現象很快的退去，花花的眼睛又恢復清明，撐著馮千靜的肩頭立起身，「可能起來得太……猛……了……」

他抬起頭，卻看見站在門後的慘白的身影……還有正前方站在廁所門口的女孩！

咦咦？毛穎德飛快的拽著馮千靜往後退到門邊角落的衣櫃旁，狠狠倒抽一口氣。

馮千靜這才正首，看見房間居然有三個人時愣了一下，「燈……開燈！」

他們就站在開關邊，毛穎德伸手切了幾下，房間的燈完全沒反應。

同時毛穎德也留意到，房門是關著的，黃宏亮跟大角學長並沒有進來……但是他進來時，半身都卡在門邊，沒有關上門的印象啊！

燈打不開，他趕緊取下腰間備好的手電筒，啪的打開往前一照，炙亮的燈直接打在門後那張慘白的臉上！

披頭散髮的陳怡蓉翻著白眼站在那兒，臉頰略微凹陷，看上去瘦了許多，被燈光照到時她的黑色眼珠回到眼眶裡，用詭異無神的表情看向他們。

「學姐……眞的是學姐！」馮千靜留意了其他人，「妳們爲什麼在這裡？大家都在找妳們耶！」

站在廁所門口的身影終於動了，她遲緩的往前走，穿著及膝的睡衣，走路姿勢有點詭異，每個關節都刻意扭轉，緩緩的朝他們靠近；毛穎德忙不迭地將手電筒移到她臉上，卻嚇得差點滑掉。

那是張枯瘦的臉，勉強能辨識得出來是余筱恩，她僅剩皮膚包裹著骨頭，導致眼珠凸出，眼窩凹陷，皮膚黯淡乾黃，她看起來……不像是活著的！

「我要……我要出去……」她舉起了手，對著他們的指尖靡爛帶血見骨，早就看不見指甲，「放我出去啊！」

說時遲那時快，余筱恩竟然直接朝他們撲過來，一旁的陳怡蓉發出歇斯底里的尖叫，也一塊兒撲上！

「余筱恩交給你！」馮千靜莫名其妙扔了一句話，直接把毛穎德往余筱恩那邊推過去！

喂——是這樣分配工作的嗎？他只說要陪她上來，沒有說要做苦力啊！

毛穎德伸手打掉余筱恩的雙手，往左邊的窗戶推去，導致她踉蹌的直衝，他還緊張的說著對不起，卻因爲力道過大，導致她整個人都撞破了窗戶，鏗鏘聲令人膽寒。

「啊……窗子窗子！」余筱恩激動的抬起頭，用枯乾的手往窗子上探，毛穎德再瞧時，窗戶竟已恢復正常了。「不不不！我不要待在這裡！快點放我出去啊！」

余筱恩抓狂般的拍打著玻璃窗，但窗戶完全不爲所動，她衝到窗邊試圖打開窗戶，手指骨使勁到扳斷，斷骨凸出肌膚，她卻仍舊打不開！

「啊啊……啊啊啊啊！」她痛苦的喊著，額頭往窗上撞擊，右手抓著牆……一道又一道的血抓痕在牆上留下痕跡。

另一邊的馮千靜輕而易舉的抓住了陳怡蓉的雙手，看著那磨掉的指尖，別說指甲了，根本第一關節都已經磨爛了，再朝旁邊看去，曾幾何時門板上都是刻痕，木板皮早已被削去，牆上多了當時沒看過的抓痕！

「學姐！妳們是怎麼了？」馮千靜大吼著，「門沒有鎖，爲什麼不離開？」

「放我出去！你這變態，我不要待在這裡！」陳怡蓉彷彿聽不進、也看不到馮千靜似的，瘋狂的喊著，倏地抽回自己的手！

馮千靜心慈大意，陳怡蓉再伸手就掐住了她的頸子，那力道一點都不是開玩笑的，她的氣管頓時不能呼吸，痛苦的被推向後，直直撞上角落衣櫃！

砰！她痛苦的看著陳怡蓉，學姐根本瘋了！

伸手抓住勒頸的瘦乾手臂，她使勁的掰開糜爛的指節，可是學姐執著的力道之大，根本無動於衷，馮千靜狠下心，舉起腳直接朝陳怡蓉的腳盤一勾，腹部再一踹！

陳怡蓉失去重心，整個人往地板上倒去，但是她的手沒有鬆開。

「對不起了！」毛穎德的聲音忽然傳來，他抓過了地板上的啞鈴，二話不說朝陳怡蓉手臂上砸下去。

喀嚓，斷骨聲清脆，從手肘一半的地方斷裂，陳怡蓉立刻鬆手，馮千靜狠狠抽口氣換氣，撫著頸子卻帶著責難般的看著毛穎德。

你幹嘛！她還無法正常說話，卻用嘴型罵著。

「不客氣喔！」毛穎德上前抓過她的手臂，閃過了陳怡蓉的抓握，「她們都不正常好嗎！」

可是那是學姐耶！馮千靜很想說這句，卻看見到了窗邊的余筱恩拼命的抓著窗子、撞著牆壁，然後……她爬上了牆。

「放我出去啊……求求你，我不想待在這裡……」余筱恩哭嚎著，「有誰聽到了？快點讓我們離開！快點放我們走！」

如同電影裡的蜘蛛人般，余筱恩眞的是貼在牆上爬行，一路往天花板去，搥著天花板，彷彿希望樓上有誰聽到似的；無獨有偶，斷了手的陳怡蓉則轉向門邊的牆，用左手也敲著、搥著。

「好痛嗚，我的手好痛！」陳怡蓉哭得泣不成聲，「我不想待在這裡，我眞的不想……」

馮千靜立刻回頭瞪向毛穎德，「你看你把她的手敲斷了！」

「不然妳就被勒死了。」毛穎德懶得理她，「妳是看不出來她們聽不見也看不到嗎！陳怡蓉根本不認得妳！」

「誰？」陳怡蓉忽然應著，「誰叫我？有誰聽到我了？林詩倪！林詩倪！妳回來嗎？林詩倪！」

學姐……馮千靜不可思議的看著趴跪著的陳怡蓉，她不停的抓門，喊著林詩倪的名字是因爲她失蹤前，林詩倪離開了嗎？

「嗚……」浴室裡傳來哭泣的聲音，讓人有些膽寒，可是好不容易現在兩個女生都陷在自己的情緒裡呼救，馮千靜用力吸口氣，拉著毛穎德就往前走！

「妳是……」毛穎德實在不習慣沒準備好就往未知的地方去，決定緊握著那個啞鈴不放手了！

一路到了浴室門口，可以看見一雙腳坐在地板，可喜可賀的是那雙腳看起來跟正常人一樣，只是上面多了許多瘀青傷痕。

馮千靜小心翼翼的探頭，看見玫瑰脆弱的坐在角落，抱膝低泣。

「玫瑰？」

「咦？」玫瑰立即抬首，哭腫的雙眼不可思議的望著她，「馮、馮千靜？」

眞的是玫瑰！毛穎德背對著馮千靜，他負責把風，留意那兩個的狀況。

「妳也來了？」玫瑰扶著牆站起，她身上到處都是傷，「妳也被他盯上了？什麼時候候的事？」

「不，我沒被跟……這是怎麼回事？」馮千靜打量著她，「妳怎麼傷成這樣？這是抓痕？她們抓妳？」

玫瑰皺起眉，困惑的望著她，然後看見了站在她身後的毛穎德，吃驚得掩嘴，「天哪！妳不是被帶來的！你們怎麼進來的？」

下一秒，她激動的上前，抓住了馮千靜的雙臂，「快告訴我，你們怎麼進來的，讓我出去，快點讓我出去！」

「放我出去！呀——」這句話像是尖叫的開關似的，余筱恩跟陳怡蓉同時跟著嘶吼！

「我就只是開門進來啊……」馮千靜根本不明所以，反握住她的手，「妳說被誰帶來的？這到底怎麼回事？妳爲什麼會在503？」

「求求妳……在我變成她們那樣之前帶我走啊！」玫瑰哭得泣不成聲，「我不想活活餓死！」

「活活……」馮千靜下意識看向了余筱恩，她已經死了嗎？活活餓死的？

「玫瑰，是誰帶妳來的？」毛穎德抽空再追問，「妳告訴我們，我們想辦法找到他，讓他放妳們出來！」

「不不不，我不敢！」玫瑰恐懼的抱著頭，「早知道我就不要幫他了，我眞的不知道會這樣……他還要更多的女生，還會有人進來的！」

「哇！」突然間，天花板的余筱恩咚的從天花板摔落地，二話不說鑽進了床底下，「來了！來了！」

陳怡蓉恐慌的左顧右盼，就近打開衣櫃鑽了進去，把自己關在裡頭。

「他來了！他……」玫瑰全身都在發抖，立刻看向馮千靜，「你們不該在這裡，快點走！快點——」

「誰來了？綁架你們的人嗎？」馮千靜根本怒火中燒，「我倒要看看他是誰！」

「別鬧了妳！看余筱恩那個樣子，就該知道對方不是普通傢伙吧！」毛穎德拽著她就往門口走，「先走了！」

「要走一起走！」馮千靜立刻反手握住玫瑰，直接往門邊跑去！

床底下的余筱恩看見路過的雙腳，立刻伸手抓住，「帶我走，也帶我走！」

「啊啊啊！走，要走了嗎？」衣櫃爬出驚恐慌張的陳怡蓉，她也抓住了玫瑰，「一起走一起走！」

毛穎德率先握住門把扭動，但是……拉不開！他費盡了氣力，這扇門就是不爲所動！

「走不了的……能走的話我們就不會在這裡了！」玫瑰哭喊著想掙開馮千靜的緊握，「你們快點走，再不走就來不及了！聽到沒，他快到了！」

聽？聽到什麼？他什麼都沒聽到啊！

「可是……」馮千靜不解的望著門，「我們要怎麼出去？」

毛穎德闔上雙眼，盡管全身汗毛直豎，他還是必須冷靜，他們跟玫瑰不同，能進來就應該能……他緊緊握著馮千靜，重新伸手握住門把。

「毛穎德！」玫瑰忽然喊著，「你得把啞鈴放開，這個房間的東西，沒有一個能離開！」

這個房間的東西，沒有一個能離開。

馮千靜低首看著自己掌心裡扭動的手，不得不鬆開玫瑰。

前方的毛穎德專心的盯著門把，幾乎集中了所有力量，**「把門打開。」**

他的肉咖言靈太虛弱，只能用在日常生活的小事，他想，開門應該算是日常生活的一種吧？

向後輕拉，門板果然開啓，余筱恩跟陳怡蓉突然發出高分貝的尖叫，連玫瑰也驚恐的回頭，竟然伸手使勁推了馮千靜他們一把。

「快走！」

「是誰帶妳們來的？」馮千靜把握時間再問！

「樓下的男人啊！」

砰——又是那種暈眩感，毛穎德這次沒撐住，加上玫瑰的推力，他整個人往前撲跪在地上，及時用左手撐住地面；馮千靜則跌在他背上，也完全煞車不及，及時抱住他。

「哎！」她從他的背上往旁邊滑落，狼狽的躺在地上。

毛穎德蹙起眉立即觀察四周，他們還是在那昏暗的房間裡，503號房，不一樣的是他們現在人在門後，房門半掩，而且沒有看見余筱恩或任何一個失蹤的女孩。

門下一秒被推開，「咦？你們怎麼跑出來的？」黃宏亮的聲音傳來，太熟悉太親切了！

「欸欸欸也太奇怪！」跟著是大角學長的聲音，他們把門敞開，「我們剛剛跟進來時你們躲到哪裡去了？」

不知道是誰伸手啪的一聲打開了電燈開關，天花板的省電燈泡立即亮起。躺在地上的馮千靜這才感到身體不適，全身發寒不說，還有點想吐，她瞇起眼想避開那刺眼的燈光，轉過頭去看見的就是滿地板的爪痕。

緩緩撐起身子，毛穎德也疲憊的坐了下來，他們仔細的看著整間503號房，連黃宏亮跟大角學長都瞠目結舌。

因爲，之前牆上並沒有這多道的血抓痕。

余筱恩失蹤時，整間房只有五道，現在呢？只怕五十道都嫌少……從上到下，一如夏玄允所進去的張雪匀房間般，只是沒有那麼密，也還不到重疊的地步。

毛穎德扳動了門，看著門板上連漆都刮掉的痕跡，陳怡蓉失蹤之前根本沒有。

「到底……怎麼回事啊？」黃宏亮不可思議的看著房間，「怎麼會多這麼多……」

「她們抓的。」馮千靜調息著，緩緩的說。

「她們？」這讓大角學長下意識縮了一下頸子。

「余筱恩、陳怡蓉跟玫瑰，她們全部被困在這裡。」毛穎德一邊說，一邊看著落在角落的啞鈴，他剛剛丟下的。「門是反鎖狀態，是因爲她根本沒有離開過！」

「什麼？在哪裡？」黃宏亮還傻傻的看著這窄小的房間，是哪裡可以躲人啊？

「另一個空間吧？我以前看過小說，什麼……平行空間？」馮千靜不爽的嘆口氣，「我不知道那是什麼，反正就是另一個一模一樣的503號房，她們全部在那裡！」

「而且余筱恩已經餓死了，陳怡蓉也變瘦了，大概都沒吃。」毛穎德站了起來，朝馮千靜伸出手，「除了玫瑰外，全部都神智不清，都在哭著希望可以離開。」

馮千靜望著眼前的大手，輕搭了上去，老實說她覺得身體累得幾乎站不起來；所以她一被拉起，整個人就不支的往毛穎德身上倒去，他驚訝的趕緊攙住她，沒料到對馮千靜的影響這麼大。

「妳很不舒服嗎？看妳站都站不穩。」他緊張的問著。

「很想吐！沒有氣力！」馮千靜蹙眉，總是厭惡軟弱的自己。

「剛剛進去時妳都好好的……原來是累積發作啊！」毛穎德挑了挑眉，體質不同反應也不一嗎？「沒關係，妳安心靠著我。」

他將馮千靜的手繞過頸子，撐起她整個人，知道她現在有多不舒服，否則馮千靜怎麼可能會讓人這樣攙著。

「究竟……眞有這種事？」大角學長完全的難以置信，另一間503？「你們遇到了玫瑰，她有說是怎麼回事嗎？」

毛穎德攙著馮千靜往外走，輕聲交代黃宏亮關門關燈。

「還能有誰？」他沉下了聲音，「不就樓下的男人。」

都市傳說，又照面了！

第九章 樓下的男人

洪偉庭只不過是個嫉妒心強烈的變態，跟蹤女友、跟蹤他以爲發現他的陳怡蓉、再跟蹤礙事的馮千靜，不過那是另一個他；精神醫師鑑定出洪偉庭似乎有解離性人格，失去記憶的那段期間，是另一個人格在操控。

另一個人格較爲易怒與殘虐，也擺明說了如果確定陳怡蓉看見他，他就要威脅她甚至滅口，而馮千靜太過礙手礙腳，他也想要處理。

這都是另一個人格的大放厥詞，只是如果沒有發現他的異狀，讓他在外面晃的話，可能眞會出事也不一定……只是，在「都市傳說」面前，一切都變得小巫見大巫了。

「一切回到原點，樓下的男人恐怕眞的存在，我們必須找到他怎麼挑人的！」毛穎德手上多了一大疊紙，「這是夏天他們重新整理的資料，加上上次在社辦發給你們的後續，還有我們這邊失蹤的三個同學，我們都必須交叉比對，一定能找到什麼！」

大家一一傳遞著資料，馮千靜不喜歡太多人，毛穎德也覺得人多嘴雜，所以只找了固定班底過來，除了從頭義氣參與到尾的黃宏亮及大角學長外，就是林詩倪、阿杰還有小霞了。

「我應該……好好想想最近做的事對吧？」林詩倪的聲調既無力又哽咽，

「如果我也被挑選上的話！」

「嗯，麻煩了。」馮千靜看著她，心裡難免有點疼惜，是怎麼樣可以跟「都市傳說」這麼有緣啊？

才歷經過不知道是生是死的紅衣小女孩，現在又面臨「樓下的男人」，她能體會那種精神壓力。

「你們在503看到玫瑰，可是卻帶不出來……」小霞連拿資料的手都在發抖

「我不懂！她到底在哪裡？」

「這很難跟妳解釋，小霞，妳不能把這件事當作正常事來看，他們就像存在於另一個空間，我們見不到她們，她們也看不到我們，可是好像又在同一個房間裡，所以我們才看得到那些抓痕。」毛穎德盡可能簡單的說著，「總之，她們三個全部被困在那裡，完全出不來。」

「感覺眞可怕……余筱恩已經餓死了還是在活動！根本搞不清楚是人是鬼！」大角學長認眞的思索，「還是她們在的那間503，是永恆的空間？」

「生死都得在那裡，求死不能，求生不得。」馮千靜幽幽開口，「永恆的地獄吧！」

玫瑰哭喊著不想餓死在那裡，陳怡蓉學姐奄奄一息，余筱恩已然身故，但是

卻依然在那間房活著、動著、哭喊著。

「天曉得那是什麼空間！」黃宏亮忽然焦躁的說，「我們要趕快阻止這件事，不能讓林詩倪或是別的同學再進去那裡！」

這番話鏗鏘有力，大家忽然抖擻起來。

「對，我不會讓他帶走妳的！」阿杰認真的對著女友說，趕緊翻閱手上的資料。

「夏天他們在哪了？我想知道當初張雪勻那區的失蹤事件怎麼停止的！」馮千靜拿著夏玄允他們之前秀過的地圖，上頭還標著失蹤順序，總共八件，卻沒有第九件。

「在回來的路上了，最快應該要明天了吧！」毛穎德稍早聯繫過了，「他要我們不要輕舉妄動，一切等他回來再說！」

「最好是，他只是想要玩而已。」馮千靜根本懶得理他，「以張雪勻爲起點的都市傳說失蹤了八個，八個女生都關在張雪勻的房間裡，然後爲什麼停了？」

「郭岳洋說他們找不到原因，因爲第八個女生失蹤的狀況跟其他人一樣，並無特殊，眞的就沒有下一件。」毛穎德拿出另一張紙，「他超細心的，還把八個失蹤者的共同點都列出來。」

所有人跟著找到那一張，失蹤的共同點根本都一樣，要看的是其他部分……不得不說夏玄允他們的確有一手，居然連照片都有。

「其實……有沒有覺得感覺張雪勻有點像余筱恩？」阿杰指著照片說，「第三個失蹤者的味道跟陳怡蓉學姐也很類似。」

「是嗎？」小霞立刻端詳著照片，「咦？第五個失蹤者乍看之下有點像玫瑰！」

經此論調，大家全部都對著照片瞧，然後馮千靜抬頭看著林詩倪，這麼說來……林詩倪蹙著眉指著第八個失蹤者，「我像這一個。」

噫……大家不敢吭聲，就怕讓林詩倪更害怕，但事實不只是目前學校失蹤的學生像西郊的八位失蹤者，不如說這些失蹤者都有一定特質類似。

「每個味道都很接近耶，雖然陳怡蓉學姐是最會打扮的，可是你們看她學生證的照片也很清秀。」大角學長迅速的整理著，「髮長過肩一點，都是微捲髮，全部都是清秀甜美型的！」

「所以是挑外型？」毛穎德有點狐疑，「這跟以前的變態殺人狂眞像……專挑一種外型。」

「只有這樣嗎？」馮千靜倒不以爲然，「這種樣子的學校隨便抓都一把，爲什麼偏偏就這幾個？隨機嗎？」

「這就不知道了，至少先發現第一點。」毛穎德起身，在白板上寫上了第一個小線索。

他們家裡當然有白板，夏玄允家怎麼可能沒有這種東西，自從「一人捉迷藏」事件後，他就買了一個活動白板回來，說要隨時可以紀錄事情，現在倒是真的用上了。

接下來陷入靜默，有人在餐桌上看著所有資料，劃重點做筆記，有人窩在沙發的茶几那兒寫著，馮千靜卻專注的看著學校這三個女生的特色，不管是推特還是臉書，甚至是玫瑰最後的錄音。

明明是密室，沒有掙扎、沒有聲音，大家卻都在503？怎麼過去的？陳怡蓉在對門還說得過去，玫瑰可是住在學校附近，輕軌路線有一站之差啊，瞬間移動？既然平行空間都出來了，直接連過去也能解釋吧？否則怎麼解釋玫瑰錄音裡的空白？

她不覺得單單只是從外貌挑選，或許是喜歡這個特質，但一定還有別的聯結……看著正在書寫的林詩倪，也正努力的回想這一兩個星期來的一切。

「林詩倪，放輕鬆，這裡大家都在。」毛穎德注意到她發抖的手，字都寫不穩。

她抬起頭，果然淚眼汪汪，「對不起……我只是……」

阿杰立刻摟過她的肩，「我不會離開妳的，妳儘管回想，跟寫日記一樣。」說得輕鬆，但心中壓力揮之不去，林詩倪只要想到自己可能跟玫瑰一樣，進入那個503，等待著活活餓死，餓死後離不開死不了的情況，比當初被紅衣小女孩控制精神時可怕太多了。

「我需要妳集中，仔細的回想一切，再小的事都要寫，接觸到的人就算買麵的店家都要寫。」馮千靜堅定的望著她，「我才把妳從紅衣小女孩那邊弄回來，我不會允許樓下的男人帶妳走的！」

林詩倪用力點著頭，男孩子們在心裡哇了聲，剛剛馮千靜那氣慨萬千，眞是叫人欽佩啊！

毛穎德的白板筆沙沙的寫著，列出每個女生在推特寫的東西，馮千靜後來索性在旁邊唸他負責抄寫，交叉比對比較快。

歷經一小時的奮鬥，白板上寫得密密麻麻了，但是大家還是找不出十一個人的共同點。

「天哪！我眼都花了！」黃宏亮忍不住伸了個懶腰，「每個人生活都不同啊，連打工都不同性質，回家時間也不一定！」

西郊那邊的資訊比較少，畢竟已過十年，難以收集完全，唯一最齊的只有起始點的張雪勻，因爲她有發推特，另外是三號失蹤者，有寫日記的習慣，其他都沒有到詳細的地步。

林詩倪把寫好的東西遞上，毛穎德跟馮千靜即刻查看她這兩個星期所做的事，老實說，非常非常的普通，除了上課外幾乎沒有別的活動。

「我看了很怒，每個女生生活都算單純，就算愛玩的也只是喜歡打扮跟流行而已，又沒做錯什麼事！」

「我也覺得，詩倪的交友跟活動也都很單純啊，我們這兩個星期除了寫報告外，連出去玩都沒有！」阿杰怒氣沖沖的抱怨著，「最多就是跑都市傳說社而已！」

「對，而且好幾個女生個性都很好，幾乎都是樂於助人的！」黃宏亮重重摔著資料，「簡直是好心沒好報嘛！」

咦——馮千靜跟毛穎德的手，同時都停在林詩倪手寫的紙上，他們看到的是同一行字，應和著黃宏亮說的好心……沒好報？

「你再說一次！」毛穎德倏地抬頭，對著黃宏亮嚴肅的說，「你剛剛說了什麼？」

他激動得讓大家都愣住了，在沙發邊的小霞嚇得不敢動，連黃宏亮都嚥了口口水，不知道自己哪裡說錯了？

「我剛剛……說……好心沒好報？」他居然有點戰戰兢兢。

「林詩倪，妳在哪裡幫人家撿東西的？」馮千靜立刻看向桌子對面的林詩倪，也是一派激動，「什麼地方、撿什麼，詳細的說一次！」

「我、我……」林詩倪反而被嚇到了，阿杰趕緊抱著她。

「你們是怎麼了？不要這麼大聲！」他護著女友，「是在圖書館外面的林蔭大道下，只是幫人家撿個小東西而已。」

毛穎德立刻回身拿起一支紅筆，在白板上圈著，馮千靜則將手中的資料重新翻找，也拿了紅筆圈起來。

「樂心助人，對……余筱恩失蹤前兩天寫過幫人家撿東西，做了好事，張雪勻是幫人寄信、三號、七號失蹤者都有提到……」毛穎德趕緊找到西郊三號失蹤者的日記，「今天雨下得很大，心情卻相當美麗，因為幫了一位腳受傷的人將信件投到郵筒，對方再三的跟我道謝還稱讚我有顆善良的心，其實只是舉手之勞……」

小霞瞪圓了眼，看著毛穎德的紅筆在白板上圈著，雖然不是每件事都鉅細靡遺，但是的確有好幾位都曾表示行善，或是寫著「助人爲快樂之本」等等的心情留言。

「……玫瑰……玫瑰！天哪！」小霞忽然站了起來，「她也有幫人撿東西！她說是幫一個行動不方便的人撿掉在地上的東西……我有看到，我在便利商店裡往外看時，看見她一個人笑得很開心！」

「有看見那個人長怎樣嗎？」毛穎德緊張的問。

小霞哭著搖頭，「我看不見，只看見側臉，因爲他戴著、戴著……帽子……」話到這兒，她的尾音無力，她眞的沒想那麼多！

校園裡戴帽子的這麼多，誰會想到大白天、在學校裡的學生會是「樓下的男人」！

「玫瑰有跟妳提到什麼嗎？」大角學長趕緊安撫她的情緒。

「說是身障人士，腳不方便，義肢斷了所以很痛，東西掉上地不方便彎腰去撿。」小霞記得很清楚，「玫瑰說他長得很斯文，一直說謝謝，還說她、她很漂亮……天哪！」

她忽然喊了句，皺著眉瞪著看向毛穎德，一臉懊悔的模樣。

「他也說了她心地眞好嗎？」毛穎德輕輕問著。

小霞點頭如搗蒜，緊抿著唇不讓自己因驚慌而嚎啕大哭，那天她離開便利商店就問玫瑰剛剛跟誰說話，玫瑰道著舉手之勞的喜悅，還說對方稱讚她人美心也美！

話至此，林詩倪的臉色蒼白，她全身劇烈顫抖，緊緊抓著阿杰的衣服不放；阿杰的眼眸低垂，他們彷彿已經明白發生了什麼事。

「太扯了……你們現在是要說，因爲助人所以……」阿杰幾乎要說不出話來。

「關鍵不是在幫助人，別模糊焦點。」馮千靜坐了下來，直視著林詩倪的雙眼，「詩倪，妳來說，妳是唯一看清那個人的人！」

林詩倪看向她，鼻酸得哭了起來，哭得顫抖、哭得心裡恐懼，毛穎德趕緊將面紙推過去給她，阿杰抽了兩張溫柔拭淚，貼在耳畔要她堅強。

「鴨舌帽，灰色的外套跟長褲，外套裡是紅色的T恤……的確很斯文，眼神很溫和。」林詩倪力持鎭靜的回憶著，「在陳怡蓉學姐失蹤的當天早上遇到他的，是他先喊我的，同學同學的喊，我回頭時看見他很吃力的想撿地上的深綠色包包，我走回去幫他撿起來。」

馮千靜火速抄寫她所描述的，她突然有種既視感。

「除了讚美妳外，還有什麼特別的？」毛穎德不想錯漏任何一個細節。

「他眼神很溫和，瞇起眼望著我，我把包包還給他時，他笑著說謝謝，還說了……」林詩倪一怔，「是這個意思嗎？他對著我說：妳怎麼對我那麼好……」這句話現在回憶起來令人毛骨悚然，可是當時她只是笑笑的說：撿個東西而已，你看起來很不舒服的樣子。

「然後呢？」

「他的體育褲是拉起來的，裡面是義肢，他表情看起來很痛苦，說他的義肢出了點問題。」或許是義肢，她才沒有跟「樓下的男人」聯想在一塊，「然後就是讚美，對我道謝說這麼善良的心才會如此美麗……」

毛穎德回身看著白板，西郊的事件是協助寄信、對方腳受傷，他們這裡是義肢，「搞得好像同一個人似的……」

「不管是誰，幫人家撿東西就是關鍵？」阿杰緊張的問。

「不！不是幫人撿東西，是他挑過的……」毛穎德一字一字的說，「聽清楚剛剛林詩倪說的，她不是主動過去，是那個男人叫她的！」

同學！同學！聲聲呼喚，針對著他要的人。

「小霞，玫瑰那邊呢？」黃宏亮立刻轉過看她。

「玫瑰……我想想……」小霞根本慌了，手心冒著汗，「有，她說一開始沒注意，聽見有人叫她……天哪，眞的是有人叫她！」

「他挑了喜歡的對象加以呼喚，如果回應的話——」毛穎德一一在白板上畫著圈，「賓果！」

屋子裡立刻陷入冰冷緊張的死寂，好可怕的挑選方法，根本只要被選上，就沒有逃脫的機會！別說對方是身障人士了，就算正常人在那邊喊同學，十有八九的人都會去幫忙撿起來啊！

「綠色包包？」久久不語的馮千靜幽幽問著，「怎麼樣的包包？」

林詩倪蹙眉，她其實不覺得這是重點，「就……帆布材質，綠色A4大小的斜背包！」

紅T恤加上深綠色包，公文袋大小——馮千靜忽然跳了起來，二話不說衝進房裡去，留下外頭一票面面相覷的人們，連毛穎德都不知道她在幹嘛！

到哪裡去了……馮千靜在門後的包包裡尋找著資料，那天社辦開會時，黃宏亮他們找到的新聞資訊，她印象中有看過那樣的配色——挖出一疊有點爛爛的紙，馮千靜火速的翻找，看到了她想要的照片！

「找到了！」她猛拉開房門，手裡揚著紙張，筆直衝向林詩倪，「妳看，是不是這個人？」

她手勁不小，砰的將紙壓上桌，嚇了林詩倪一跳，看著那張慘遭蹂躪過的紙張，林詩倪覺得有點似曾相識！

「這不是之前大角學長他們印的新聞資料嗎？」連阿杰都看出來了，「學校附近的失蹤案件，找不到關聯那批。」

「咦？」大角學長湊了過來，對耶！

那時找到了幾筆，不是離家出走就是跟網友見面，而且還有一堆例子都是男生，所以毫無參考價值！而馮千靜挖出的這張有三則，正中央是黃宏亮複印的，有個男生說要找喜歡的女孩告白，出門後就沒有再回來。

報紙拍出了兩張男孩的照片，一張大頭照、一張全身照片，他是……他是傷殘人士，雙腳都裝有義肢，身上揹著綠色的包包，笑得靦腆溫和！

「……」林詩倪瞪圓雙眼，珠唇微啓，僵硬得不發一語，從她微顫的下巴就能讀到她的恐懼。

毛穎德自對桌湊前，「是他嗎？」

林詩倪緩緩抬首，淚如雨下的點頭，越點越急，完全的不可思議，「是這個

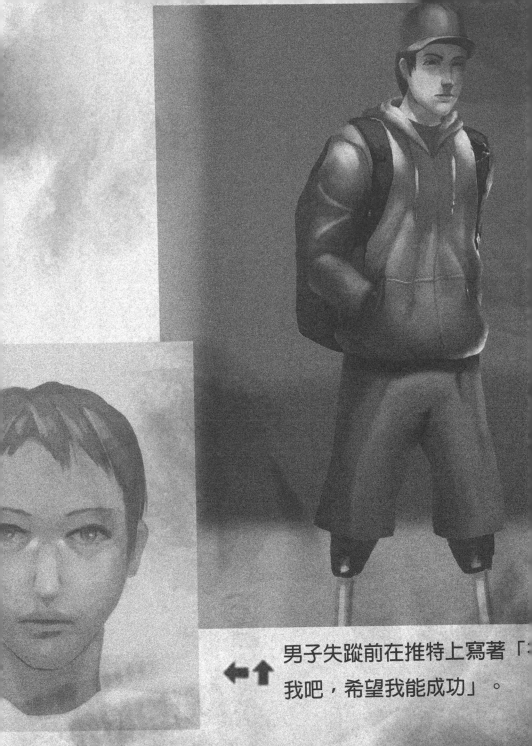

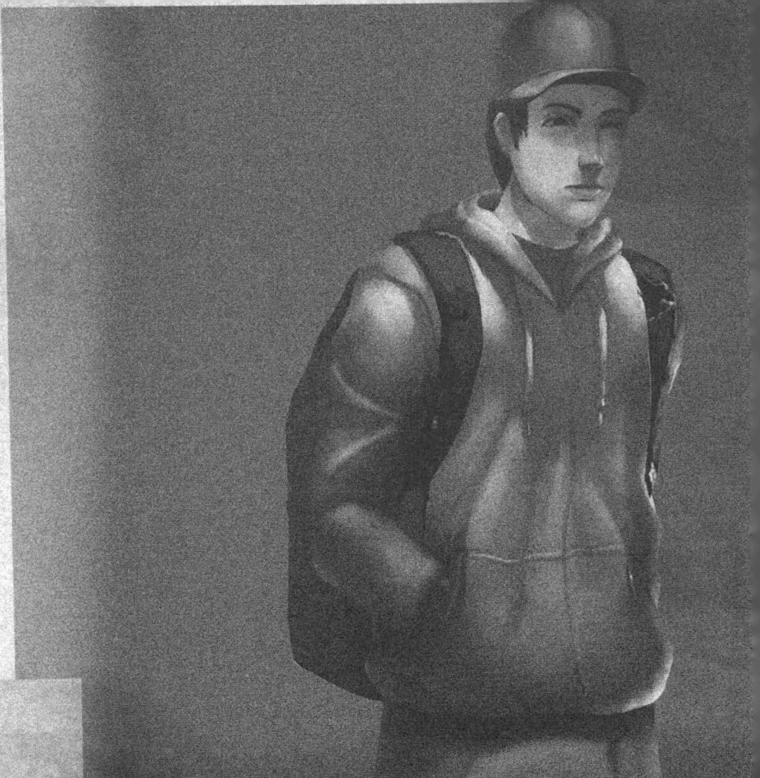

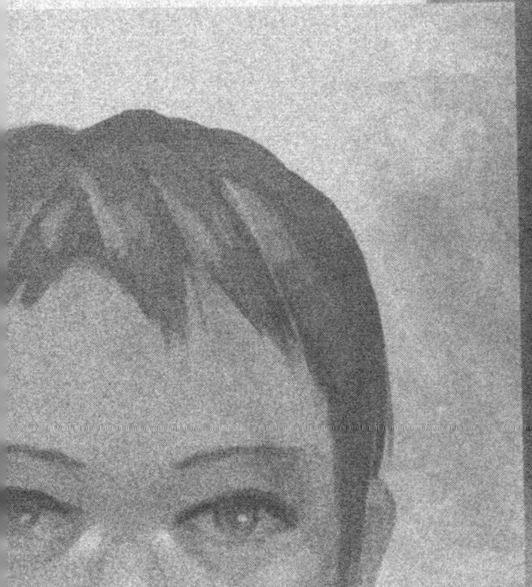

←↑ 男子失蹤前在推特上寫著「
我吧，希望我能成功」。

人！就是他——他不是失蹤了嗎？」

毛穎德火速抽走那張紙細瞧，灰色外套、紅色T恤加上綠色包包，那是該名男子離開前的最後照片，他自拍上傳表示信心滿滿，推特上寫著「祝福我吧，希望我能成功」後離家，接著便宣告失蹤，家人聯絡不上也遍尋不著，這是六年前的事。

「六年前……西郊是十年前，所以不是同一個人。」毛穎德仔細看著報導，「林詩倪，他還是長這樣子嗎？」

她拼命點頭，依然是大學生模樣，衣服裝扮完全沒有變化！她想到就覺得可怕，居然會如此自然的在校園裡遇上「都市傳說」！

「看起來人人都可以變成都市傳說了，夏天有提過這點嗎？」馮千靜走了過來，瞪著紙上的照片。

毛穎德搖搖頭，「但是都市傳說原本就起源不明。」

「好不舒服……」大角學長皺眉，「學校六年前失蹤的學生，居然變成都市傳說綁架女同學……那他還是人嗎？」

「不知道，他已經是傳說了。」馮千靜拿過紙張，認眞的望著，「好不容易知道你是誰了……我們就不必坐以待斃了！」

吱？林詩倪淚眼看向她，怎麼聽起來馮千靜有什麼辦法呢？

「喂！」毛穎德幾乎是秒懂的，「是他挑人，這不是隨機取樣，說不定其他人根本看不見他，妳要怎麼跟他照面？」

馮千靜默默的從紊亂的桌上抽出失蹤者的照片，歪了歪頭，「這裡不是有雛型嗎？」

什麼什麼？所有人狐疑的望著他們兩個，怎麼只有他們兩個懂的樣子，其他人完全無法進入狀況啊！

唉！毛穎德無可奈何的搖首，「我知道我說什麼都沒用，妳想好就好。」

馮千靜冷冷的瞪著照片裡的男生，她早就想好了，對付這種死變態，她有一百招要伺候他！

前夜折騰到凌晨三點多，在沒說清楚的情況下毛穎德就開門送客了，唯林詩倪跟阿杰留下，馮千靜不放心讓他們夜歸，所以請他們在客廳打地舖，隔天是週六，沒有上課的問題。

而且，馮千靜也有事要林詩倪幫忙。

「這樣……真的好嗎？」林詩倪在頭髮上壓上小巧的水鑽夾，「我覺得好可怕。」

「這是最直接的方法了，妳勸她沒用的。」毛穎德倚在門邊，說得自然，「馮千靜的字典裡沒有放棄！」

她瞥了他，「廢話！怎麼可以放棄呢！」

是是是，毛穎德連連點頭，林詩倪自然是錯愕不解，之前已經對馮千靜如此內向卻又勇氣十足的反差感到佩服了，這一次更是讓她瞠目結舌。

現在站在鏡子前的女孩，不只清秀還添了分俏麗，穿著她借出的衣服，用整髮器將頭髮梳整後，紮了個公主頭，使得頭髮微捲過肩，裝飾上水鑽夾子，摘下又粗又大的眼鏡，馮千靜其實超漂亮的！

而且，身材很好啊，玲瓏有致，比想像的瘦很多，平常穿的衣服實在太寬鬆了。

「我覺得妳很正耶！」林詩倪看著鏡子裡的女生，不可思議，「妳就算簡單的上衣加牛仔褲都很好看！」

「我知道。」馮千靜回答得自然，「但是我不想。」

「啊？」林詩倪完全不瞭解，明明簡單妝扮就很好的馮千靜，幹嘛把自己弄成一副邋遢宅女的樣子？

「毛穎德，這樣OK嗎？」馮千靜問向毛穎德，還原地轉了圈，要男生看比較準。

「非常OK！」他笑了起來，「搞不好在遇到那傢伙前，就有人先搭訕了。」

「嘖！」她挑了挑眉，對著鏡子練習微笑，「林詩倪，說好了，不能告訴別人我這個樣子的事喔！」

林詩倪皺著眉，心裡無限感動，「妳這樣做已經是以身涉險了，還要保密不跟別人說嗎？」

嗯？馮千靜疑惑的看著她，她是不是誤會了？她只是不希望別人知道另外一面的她罷了。

「妳就保密就是了，這件事也是越少人知道越好。」毛穎德忙著打圓場，「能不能成是一件事，成之後要煩惱的是另一件事。」

「好了，事不宜遲該走了，我希望速戰速決。」她性子急，不愛拖泥帶水，「毛穎德你別跟，我覺得既然是都市傳說，就不要挑戰他的能耐！」

「好。」毛穎德本來就沒打算跟，他有更重要的事情要做，「妳們萬事小心，記住千萬別讓林詩倪落單。」

「嗯。」馮千靜拎過側背包，抹上淡色的護唇膏，拉著林詩倪一起離開。

她的計畫很簡單，只是跟林詩倪像同學一般說笑逛校園，期待「樓下的男人」能瞧見她。

「他怎麼挑人的我不知道，可是……學校這麼多人，他要怎麼注意到妳？」林詩倪低垂著頭，情緒始終在恐懼低落中。

「所以我挑星期六啊，人最少的時候比較顯眼。」馮千靜維持著淺笑，「而且我只需要他注意妳就好了。」

「什麼？」聽到注意，林詩倪下意識打了個寒顫。

「他既然想要妳，就會盯著妳，自然也就會看到我囉。」馮千靜往前看著，像一般女孩般走路。

她只希望「樓下的男人」最好有點眼光，看上她馮千靜，然後盡快的現身，讓她也能變成收集品的一份子！

幾次面對「都市傳說」下來，她已經發現逃避躲藏都不是辦法，都市傳說既然發生，就不會輕易停止或是消失，要中斷傳說的繼續，就必須身在其中！

她如果能跟玫瑰她們一樣，或許就能知道怎麼阻止「樓下的男人」。

林詩倪極度不自然，她現在的狀況很難眞的聊天說笑，不過馮千靜也不是省油的燈，她讚美阿杰跟她之前的感情，不過也好奇之前遇到紅衣小女孩時，怎麼他都沒出現。

提起阿杰，林詩倪就會覺得感動又窩心，這一次他的守護更是叫她感動不已，面對著詭異的「都市傳說」，阿杰不僅不怕，甚至是盡全力的保護她。

她們買了飲料在校園裡找地方坐下來，馮千靜始終鑲著甜甜的笑容，聽林詩倪說著戀愛史，偶爾答腔幾句，但多數都是聽眾……雖然她只聽進去一半，因爲她費了更多的心力在感受。

在某個瞬間，林詩倪感受到她微顫了身子，「馮千靜？」

「打電話給阿杰，讓他來接妳。」馮千靜緩緩的闔上眼睛，「我們可以結束了。」

「咦？」林詩倪不解，但還是趕緊打電話請男友來接她。

馮千靜端坐在位子上，她幾乎可以確定，之前她隻身在大樹下時，洪偉庭是跟蹤她，但是「樓下的男人」亦然！她剛剛感受到了明顯的視線，如果把袖子揭開，就可以看見排排站立的雞皮疙瘩。

那不僅是緊迫盯人，還帶著一種盯著獵物的野性，她是在擂台上戰鬥的人，不會不知道這種狩獵的目光！

「走吧！」她帶著迷人的笑容起身，知道視線的來源方向，刻意跟林詩倪換了位子，讓「樓下的男人」可以將她看得更清楚。

她們跟阿杰約在外語大樓，不讓林詩倪有一秒落單的機會，馮千靜是親手把她交給阿杰後，說自己還要去電腦教室一趟，跟他們揮手道別。

她落單了！馮千靜優雅的旋身，快點來搭訕吧，死變態，等你很久了！

馮千靜前往商學院的方向，刻意走得很慢，路上的學生不多，她悄悄打量，怎麼就是沒看見那傢伙呢？要是進商學大樓都沒出現怎麼辦？她要拐去圖書館嗎？還是……怎麼這麼不乾脆啊！

「同學同學！」

馮千靜瞪圓雙眼，雙腳還在往前走，聲音來自右後方！

「同學！同學！對不起！」男生的聲音很輕，聽起來帶著點痛苦，「可以幫我一下嗎？」

她止住步伐，忍不住劃上微笑緩緩回身，她的右後方有棵大樹，樹蔭下的椅子坐著灰色外套紅色T恤的男子，剛剛她經過時，百分之百篤定那裡沒有人！

男子坐在椅子上，彎腰探身探得十分艱辛，手伸到最長依然撿不到自己那個綠色包包，褲管微揭，可以讓人清楚的看見裡面的金屬義肢。

等到你了，果然有效率啊！

「啊，我來幫你！」馮千靜趕緊回身，小碎步過去為他撿起包包，蹲著身子遞給他，「喏。」

「謝謝！」他笑開了顏，看上去果然是斯文秀氣，「眞的很謝謝妳！」

「別這麼說，舉手之勞嘛！」馮千靜起了身，刻意打量了他的腳，「你不舒服嗎？」

「啊，沒事！」他搖了搖頭，把包包放在膝上，「只是不太方便！」

「要送你去醫務室嗎？還是……」

男人突然抬頭，用溫柔的眼神望著她，「我沒事的……謝謝妳，妳對我眞好。」

這種語氣，那盈滿感情的眼神，彷彿是在對情人說話——誰想對你好啊！

馮千靜只是劃上微笑，朝著他頷首，做出不好意思的模樣，「沒有啦！」

「果然心美的女孩長得就美！」他陶醉般的凝視著她，「謝謝妳！」

「唉唷，謝謝讚美！」她笑著，然後比了個要走的姿勢，微微旋身，

「那……我走囉！」

男人不語，只是繼續用閃亮的眼神凝視著她。

馮千靜轉過了身，往家的方向去，她可以感受到灼熱的視線依然在背後，「樓下的男人」正在盯著她的背影。

看吧，儘管看吧，晚上她還會特意出門一趟，怎麼可以不給他跟蹤的機會呢？

大情聖，咱們晚上見！

第十章 消失的女孩們

一切如同「都市傳說」，有時候馮千靜不得不佩服這種流傳的傳說裡，居然含有百分之九十的眞實性，連進展都如出一轍。

她刻意隻身回家，明顯的感受到跟蹤，或許因爲她始終落單，所以成了首要目標，畢竟林詩倪身邊一直有人，他要行動也有困難，這就是當初先帶走玫瑰的主因。

回到家時，馮千靜很意外居然只有毛穎德一個人在家！算算時間，夏玄允跟郭岳洋都該回來了。

「夏天他們呢？」

「別說了，我聯絡一下午了，都聯絡不上。」毛穎德顯得很懊惱，「郭岳洋有扔訊息給我，叫妳不要涉險，他們在想辦法。」

「想什麼辦法啊，遠水救不了近火！」馮千靜簡直拿他們兩個沒辦法，「還是他們去找西郊的停損點？那我還能接受！」

「搞不好發現了什麼，妳要不要等他們回來？」毛穎德擔心的是這個，「妳要知道，妳一旦……被帶走，狀況就很難辦了。」

「等他們要等到什麼時候？」馮千靜別過了頭，「難得他都跟來了，我不想錯過這個時間，別忘了，玫瑰還活著，我想要盡早帶她出來。」

毛穎德望著她，搖搖頭，「前提是妳要能離開。」

馮千靜忽然衝著他微笑，「所以這就是肉咖言靈登場的時候囉！」

「肉咖兩個字是多餘的。」毛穎德歪了嘴，「喂，這次跟上次不同，我們上次是不小心進去，這一次只有妳會進入，而且妳是被『樓下的男人』親自帶進去……我不保證言靈有用！」

馮千靜略怔，是啊，她倒是沒有想到這點。

誤闖跟身為被「樓下的男人」帶走的人，狀況只怕不同，看張雪勻那邊八個人的狀況就知道了。

這讓她有點遲疑，如果她被帶走了，該怎麼離開？

「不知道怎麼離開，我是否不該貿然進去？」她幽幽的說著。

「對！妳總算肯停下來思考了。」毛穎德用一種謝天謝地的誇張神情，「我知道妳想要讓失蹤案停止，想解決『樓下的男人』，可是我們都進去過那間503，不同空間的進出該怎麼做沒人知道啊！」

「如果……只有被帶走的關在那裡……」馮千靜困惑的問著，「那我們那天是怎麼進去的？」

「我不知道，我想了好久，找不到原因。」毛穎德早已思考過了，「如果就看過的電影小說來講，應該有個什麼連結點讓我們進去！」

連結點，這未免也太難了吧！馮千靜打開冰箱拿杯冰涼的果汁出來，夏玄允的手機忽然響起，毛穎德緊張的衝過去接起，不是林詩倪或是哪個社員，而是他們企盼不到的本尊！

「喂，你們是死到哪裡去了？」毛穎德不悅的接通，劈頭第一句就罵人。

『我們找到了！』鏡頭裡擠了兩個興高采烈的人，『叫我第一名！找到嚕——唷喝！』

馮千靜走到桌邊看著手機，郭岳洋還在開汽水咧，這兩個人很認眞的在慶祝耶！

「找到什麼？人在哪裡啊？還不快回來！」她擰著眉問。

『咦……小靜！噢噢噢！小靜妳這樣也很漂亮耶！』郭岳洋一向是女子格鬥競技迷，看見卸除僞裝的馮千靜興奮不已，『不一樣的感覺，可是還是好正喔！』

馮千靜注意到他的背後是飛掠的景色，背景聲音也很吵，看來是在火車上了！夏玄允還在後頭跳舞，活像剛中了樂透似的。

「喂，找到什麼啦？」毛穎德急著想知道，他們現在可沒心情輕鬆。

『來，一起喔！』兩個男孩同時對著鏡頭，『找到失蹤停止的關鍵了！』

咦？馮千靜跟毛穎德激動的驅前，「一人一句到底是什麼？不要再喝可樂了，快點說！」

『好激動喔他們，哈哈！』郭岳洋指著他們笑，如果是活人在面前，馮千靜一定折扭他的手指，『雖然是猜測，但是覺得太合理了。』

『我們聽說你們重返503號，我們也不干示弱，也跑回去張雪勻的房間一趟，但是我們都沒有看到任何一個人，進不去他們的空間。』夏玄允邊喝邊慢條斯理的說，『然後我們就在想，你們一定是碰到了什麼關鍵，才讓空間相連。』

『那個東西應該也是讓大家都被抓過去的原因！』郭岳洋接著認眞的說道，『所以我們應該要找一個本來在張雪勻房間，後來不在的東西！』

馮千靜聽得一頭霧水，深吸了一口氣，「找、到、什、麼、了？」

喔喔，眞凶，難得小靜今天這麼好看耶！夏玄允趕緊正經八百的清了清喉嚨，裝模作樣，『聽好喔！第八個人失蹤後，張雪勻的父母來整理她的房間，但維持原樣，然後、然後——把一封應該寄出去的信寄掉了！』

——什麼——馮千靜詫異的看著螢幕裡還在敬可樂的兩個人，聽著他們找到的線索，張雪勻她們一直遇到有人託她們寄信，這應該是被選中的方式，那爲什麼張雪勻還會有信？

「這說不通啊，她們被叫喚幫忙時，已經把信寄出去了啊！」毛穎德立刻提出不合理，「你們這有沒有用啊？」

『欸，開什麼玩笑，我可是都市傳說社的社長耶！』夏玄允還有空拍胸脯保證，『這是張雪勻另外放起來的，上面還用便利貼寫著：要記得寄出去！所以她父母才把信寄出，而寄出的時間點就是第八個女生失蹤後的第二天，此後就再也沒有失蹤事件了！』

『所以，這封信就是那個空間的門！她父母不知情的把信拿走了，門關上了，樓下的男人就不能再把人放進那間房了！』

「好像……有點道理。」毛穎德正在思考，「張雪勻怎麼會留著那封信，簡直像為那個傢伙開了門！」

「對方一定用方法讓她把信留下，張雪勻都註記要記得寄出了，表示有個理由藉口……然後那封信消失一切就停止了，至少西郊的失蹤案終止。」馮千靜憂慮不已，「我們要找一個本來在余筱恩房裡、『樓下的男人』給的東西？這要從何找起啊？」

余筱恩的房間已經亂成那樣不說，他們根本不知道「樓下的男人」給了那些女孩什麼，她自己都遇上對方了，只是撿了那個包，包包裡頭是什麼都不知道啊！

「妳幫那傢伙撿東西時，感覺得到輕重？摸起來像什麼？」毛穎德極快的問著，手機那頭的歡呼聲軋然停止。

重量……馮千靜闔上眼，回想那個綠色袋子，她一直覺得撿包包只是幌子，沒有認真去觀察。

『什麼撿東西？小靜妳去當餌嗎？』

『天哪！馮千靜，妳已經遇到了嗎？那人長怎樣？你有沒有立刻賞他個垂直落下技？』

『妳撿了什麼？妳怎麼又當餌，這跟上次不一樣耶，妳要是回不來怎麼辦？』

她根本沒在聽螢幕邊的鬼吼鬼叫，闔著雙眼輕輕的舉起手，回憶下午的動作——今天很冷，微雨，中午只有十二度，那棵樹下有點濕，「樓下的男人」坐在那邊，穿著單薄的秋季外套，掉落地上的包包撿起來時，沒有濕度，單手，只用指尖。

馮千靜緩緩睜開雙眸，眼前是同樣專注的毛穎德，只是他正凝視著她。

「很輕，裡面沒什麼東西，就算有說不定只是紙張。」她做狀捏了捏，「感覺不到有什麼。」

『喂，他開始跟蹤妳了嗎？』

『妳不要一個人落單啊！我們已經快到了！』

「他說不定也讓余筱恩保管了什麼，或是送給她什麼。總之，余筱恩應該從他那邊拿到某樣物品。」毛穎德統整著，「很薄、很輕，而且在余筱恩的房間裡！」

馮千靜忽然像想到什麼似的，亮了雙眼，拿著果汁往房間裡衝去，「我們那天不是有拍照嗎？」

「啊對！可是有拍到這麼細嗎？」那天幾乎只專注在牆壁上的痕跡啊，根本沒有每個角落都拍！

「再看一次就知道了！」馮千靜邊說，一邊跑去挖相機。

『毛穎德！這爛方法是誰想的啊？』夏玄允還在吼，居然沒人理他，『你怎麼會推小靜去當餌咧？』

「嗄？」毛穎德回了身，「天可憐見，我推馮千靜去當餌？我又不是不要命了！你們自己說，她那個性誰能勉強她？」

誰也無法阻止她。

『啊……』郭岳洋皺起眉，『她該不會又說——』

「不入虎穴，焉得虎子！」電話那邊兩個、餐桌這邊一個，三張嘴根本異口同聲。

還有一句：沒有挨打認輸的份，唉唉唉。

「我聽到了喔！」馮千靜揚聲回著，少背著她講壞話！她今天不是揹平常的包包出門，相機是傳輸到電腦裡了，但記憶卡沒刪，她從背包裡抓住相機，開始調閱。

再亂至少還是有拍，可以放大來找吧！雖然線索很少，但說不定還是可以找到點蛛絲馬跡！如果找到了那個東西，就把它燒了、扔了，停止「樓下的男人」的捕獵！

馮千靜帶著相機回首，卻忽然一怔……她剛剛把門關上了!?

糟糕！她旋身衝出房間的陽台往後下看去，「樓下的男人」已經不見了！難道——她再度跑進屋內，伸手握住門把，卻極度遲疑著該不該開。

「毛穎德！」她扯開嗓子，決定先喊。

沒有回應，她直覺的將手拿離門把，開不得……馮千靜開始警戒著，急速的把床尾的背包揹上身，雙眼始終盯著門瞧，余筱恩她們都是獨宿，但是她住的可是家庭式屋子，毛穎德如果就在外頭，「樓下的男人」該怎麼穿過客廳，來到她房前？

噠噠……陌生的腳步聲出現，從外面逼近，直到她的房門把被往下壓了一下：喀，她剛上鎖了。

不是毛穎德，他通常會叩門加上大喊，不可能這麼無禮的就想開門而入。

到底是如何堂而皇之走進來的？毛穎德人呢？馮千靜向後退著，視線落在門縫下，她房間太亮了看不清，無法確認是否有人；門把不再被強制開啓，也沒有撞門的聲響，與玫瑰錄下的截然不同。

她知道那傢伙來了，就在她這獨處落單的時刻，簡直是迫不及待啊……馮千靜緊握雙拳，她倒想看看，他是如何從緊鎖的門扉中，帶走那些女生的——喝！她忽然背脊一涼，全身汗毛直豎。

有人在後面！

後面——馮千靜倏地回過身子，男人竟站在陽台上，滿臉掛著溫柔的微笑。

「嗨！我來接妳囉！」

大手一伸，他拽住了欲後退的馮千靜，即刻使勁往前拉去。

「哇——」

嗯?毛穎德的手懸在滑鼠上，總覺得好像聽到了什麼……「喂!馮千靜!照片我也有啊!妳是找到哪裡去了這麼久?」

他起身走出房門，剛剛跟夏玄允邊閒聊邊進來調照片，余筱恩房裡的東西眞的非常多，而且完全沒有頭緒，連要找什麼都不知道。

「馮千靜?」毛穎德蹙眉望著那緊閉的房門，緊閉的房門……「不好!馮千靜!」

『毛毛?』夏玄允那邊只聽見叫聲，根本不知道發生了什麼事。

他一邊喊著一邊叩門，用力壓下門把卻發現鎖上，腦子裡百轉千迴，顧不得其他，一側身就撞開了門板——他已經不想算是第幾次修這道門了!

冷風刮起了簾子，寒冽的北風從陽台上未閉的落地窗送進，馮千靜的房間一如往常的有條不紊，地上卻灑了一地的果汁，空瓶還在地上晃動著，但是房裡已經沒有人了。

毛穎德立刻走入看向她床邊的背包，不見了……他倒抽了一口氣，即刻旋身衝到餐廳，抓過手機!

『毛毛怎麼了……欸你手擋到鏡頭了!』

「他帶走馮千靜了！」他回以大吼，「我就在家、在這裡，只是剛剛進房間一下，他還是帶走她了！」

一轉眼，她就從這裡，到了一站之外的503號房了！

馮千靜重重的摔到地上，視線一片昏暗，她警戒心十足的立刻翻身而起，單膝跪地隻手撐著，仔細的環顧四周。

「誰！誰……」右後方突然冷不防撲上了人，「放我出去，快點帶我走！」枯瘦的手才環住她的頸子，馮千靜下意識就握住手腕，直接往前甩了出去，看著瘦弱的女孩子被她摔到前方，她後悔不及，那是反射動作啊！不要攻擊她嘛！

她現在左邊是床、右邊是書桌，正前方是櫃子們及衣櫃，房門在十一點鐘方向，這凌亂的房間她再熟悉不過，是余筱恩的503！

啪！床底下倏地伸出一隻手就抓住她的腳，爬出了披頭散髮的女孩，「開門吧，讓我出去！」

望著握住腳踝的手已經腐爛腫脹，但是沒有令人作噁的氣味，女孩抬起的臉全因腐爛漲成青紫色，幾乎要認不出來。

「妳怎麼進來的？進得來就出得去吧！讓我走！帶我走啊！」腐爛的女孩攀上她的身體，馮千靜看得直覺的反胃。

「走開！」她使勁的扳開對方的手，對方的指骨緊掐著她的手臂，逼得她抓起向後折去，再將她塞回床底下！

沒有臭味不代表肉沒爛，她剛剛握住那女孩的手，彷彿握到一團水球，而且一用力就皮開肉綻，腐液跟著流出……她甩著手，看著哭泣的女孩，真難想像，那是、那是活著腐爛嗎？

退開床邊，往浴室的方向看去，裡面躺著玫瑰，她看上去比昨天虛弱太多了，正用疑惑的眼神看著她。

「馮……馮千靜？」她撐起身子，看上去相當吃力，「妳、妳怎麼來了？天哪……」

她看得出來，這一次馮千靜不是「誤闖」，她是跟大家一樣被帶來的！

「玫瑰！妳怎麼瘦這麼多？」馮千靜露出笑容，總算看見一個正常的人。

等等，那這樣說來……馮千靜再度看向床底下，開始腐爛的是陳怡蓉嗎？她已經死了？這麼快！昨天還活著啊！

只是才要往前，她忽覺背脊發寒，耳朵聽見了遠處的腳步聲，噠噠噠噠如此清楚，但是聲音卻彷彿在遠處。

馮千靜狐疑抬首，站了起身，循著聲音的方向走向桌旁的窗戶，這扇打不破的窗戶她記得清晰，不過倒是沒從這裡往外望出過；窗外的景致與現實生活中如出一轍，樓下是巷子，兩旁也有著建築物與燈光！

而「樓下的男人」正從巷口緩步往這兒走來。

噠噠，噠噠，他步伐不穩的走著，一邊走，一邊仰頭看著她，這般昏暗，她卻看見那男人清楚的五官與笑容。

「我居然聽得這麼清楚啊……」馮千靜自個兒覺得詭異，每一步腳步聲都近到彷彿根本在她耳邊似的。

「啊啊啊……來了！來了！」有人驚恐的喊著！

這就是昨天她們驚慌的原因嗎？聽得見他的腳步聲？

陳怡蓉嚇得爬進床底，余筱恩直接鑽進了衣櫥，玫瑰立刻躲進廁所裡，探出一顆頭對她招手，要她也過來……馮千靜搖搖頭，她才不會逃避，只是這麼小的房間還有地盤啊？

腳步聲越來越近，房間裡的女孩們益加恐懼，她就倚在窗邊，正對著門口，聽著噠噠腳步聲逼近，一切宛如幾分鐘前她在房間裡，聽著他走來的模樣……然後喇叭鎖轉開了。

看著男人走進來，馮千靜覺得眞是太神奇了，那果然是扇只有他才能開的門！

「我回來了。」他輕揚的聲音讓馮千靜很想揍。

男人的身影進入，當他關上門的瞬間，一屋子竟通亮起來，床底下露出那截爛手頓時成了平常女孩細嫩的右手，連躲在衣櫃裡那張臉都變得好看了。

男人站在門後，卻笑望著她，「嗨！」

馮千靜蹙著眉，這男人怎麼還笑得出來？他看上去跟平常人一樣，依舊穿著當年失蹤時的那套衣服。

「想不到這麼快就能接到妳！」他眉開眼笑的，「妳……眞的好漂亮！」

馮千靜眨了眨眼，暫時沒有任何反應，這個人還眞會自說自話，在她搞清楚狀況前，她決定暫時不隨便傷人。

「這是新來的，她叫馮千靜！」男人溫和的對大家宣布似的，「以後妳們要好好相處喔！」

「這麼多人怎麼好好相處？」馮千靜斜眼睨著他，「你帶這麼多女生到這裡來，又擠又小，然後呢？希望我做些什麼？」

男人有點訝異的望著她，然後劃上淺淺笑容，「總算有個不一樣的了，她們每次來都只會哭跟尖叫，煩死人了！大家都這麼喜歡我，我也沒辦法啊，只得先把妳們接來再說。」

「喜……喜歡你？」馮千靜瞠目結舌，這話說反了吧？是他喜歡她們才對吧！

「是啊，不然妳們怎麼會願意幫我撿東西呢！」男子笑彎了眼，陶醉其中，「從妳手上接過東西的那瞬間，妳那個笑容就讓我明白，妳是喜歡我的！」

馮千靜不可思議的快速眨動的眼睫，「就、就這樣？」

「我也喜歡妳。」男人笑著說，然後轉過去看向浴室，「玫瑰，妳出來！妳們是怎麼了，躲起來幹什麼？」

這是什麼邏輯啊！幫他撿東西就等於喜歡他？而且還是兩情相悅？

就因爲這麼簡單的原因跟宇宙強的腦補，他就把女孩子帶到這裡來？要開後宮嗎？這神經病！

玫瑰戰戰兢兢的走出來了，一路順從男子的意思來到他跟前，男人親暱拉過她在臉頰上吻了一下；馮千靜看得打從心底反胃，他都是這樣對待拉過來的女生嗎？沒看見玫瑰眉頭都揪在一塊兒的不甘願了！

「很痛苦吧這幾天？放心，熬過去就好了，妳看看余筱恩！」他溫柔的說著，指向躲在衣櫃裡的余筱恩，「我的世界，沒有死亡。」

玫瑰點著頭，淚如雨下，男人往前走了兩步，拉出躲在床底下的陳怡蓉。

「不……不要！」陳怡蓉哭喊著，她一如馮千靜認識她時的嬌俏，「我想走，求求你放我走吧！」

瞬間，馮千靜可以感受到氣氛丕變，男人臉上的笑容消失了，他使勁拽著陳怡蓉，就往衣櫃那邊扔去！

嬌弱的身子撞上衣櫃倒下，余筱恩一塊兒尖叫，陳怡蓉摔在地上後只是蜷縮著，不停的發抖。

「我說過多少次了，不要老是想著要離開，妳們都是我的，不許離開我！」他這樣喊著，怒氣沖沖，「眞的是對妳們太好了！」

餘音未落，他拉過椅子坐下，手才往陳怡蓉一指，骨折聲伴隨著慘叫聲立刻傳來！

玫瑰嚇得往馮千靜身邊靠去，原本縮在地上的陳怡蓉呈現跪姿，腰桿子向後僵直，她的手主動騰起後即刻扭曲，硬生生被扭斷，啪啪啪的斷成三截。

斷骨突出手肘，她痛徹心扉的慘叫著，緊接著是身上的肋骨、脊椎骨，彷彿有個無形人站在她身邊，折斷她身上所有的骨頭似的，而且，還把痛楚留給她。

無形的人……馮千靜不可思議的看坐在椅子上、冷眼望著陳怡蓉的男人，這是他能主宰的世界，他可以主宰女孩子們的生與死，甚至是痛楚、折磨。

「我真厭倦妳們的眼淚了！」男人睇起眼越過在地上慘叫的陳怡蓉，「余筱恩！我都回來了妳還不出來！」

余筱恩飛快的爬出來，簡直是恐懼到連滾帶爬，只是爬不到一半，忽然頓了兩秒，緊接著痛苦的在地上打滾。

這是馮千靜第一次見到余筱恩，長得真的也是清秀甜美的模樣，可是還沒看清楚，她身上的皮膚竟開始剝落、腐爛，大量的蛆蟲從裡面鑽了出來！

「不不不——哇——」余筱恩雙手掩臉、撕心裂肺的叫著。

「不知幸福的傢伙，不讓妳感受到死亡跟腐爛還這麼不知足。」男人高高在上的說著，「那現在就讓妳感受一下身體的變化吧！」

活生生的感受到身體的腐爛，明明該是死了，卻依然活著……馮千靜皺起眉頭，這是個求生不得、求死不能的世界，雖然沒有死，但也沒有生。

這個對手比想像中的棘手，連碰都可以不必碰觸，就能傷害她們……馮千靜

決定按兵不動，她還沒做好準備。

「還是妳們可愛！」男人忽地轉向這邊，看著她們兩個，「我會對妳們很好的！」

玫瑰顫抖著點頭，在那慘叫聲不絕於耳的情況下，想不點頭都很難，馮千靜卻意外大方的給了他微笑，這傢伙根本就是活在自己的世界中，還拖人下水。

男人果然很喜歡馮千靜的笑容，一整個笑得幸福，起了身就想往她這邊走來——不可以，馮千靜連忙向後閃躲，別說是什麼吻了，只要碰到她，她會想把那隻手扭斷的！

馮千靜趕緊出聲，「我以爲林詩倪也喜歡你的！」

對不起！林詩倪！她一定會在最短時間內想辦法解決！

「啊……」男人沒有碰觸她，微仰首，「對啊，林詩倪，她比妳更早喜歡我，我就一直沒有機會帶她來。」

「沒機會啊……」因爲阿杰他們都守著嘛！哪會讓你有機會啊，「好像有點奇怪喔，如果她眞的在意你，應該會主動跟你走啊？」

馮千靜稱這個叫做循循善誘，希望這個自以爲是的傢伙可以清醒些。

「那是因爲妳們不懂自己的心啊！」男人瞇起眼，「而且王子要去接公主，這才叫禮貌，事不宜遲，我這就去了！」

無視於地上依然劇疼的兩個女孩，男子旋身向外走了出去，關上門的那瞬間，房間再次陷入了昏暗，地上打滾嚎叫的女孩子們停止慘叫，但是余筱恩再度成了腐爛中的模樣，陳怡蓉也恢復成腫脹的腐爛初期。

她們似是不再受劇痛所擾，但是卻哭泣不止，陳怡蓉的身上依然還是扭曲得斷骨處處，余筱恩全身上下覆滿了蛆蟲，無力的癱在地上啜泣。

眼前的玫瑰也不若適才豐滿，算算她已經五天沒吃飯了，瘦弱無力是理所當然，只是昨天看不是這樣，感覺時間進程過得好快。

「她們就是未來的我們……」玫瑰無力的說著，「我遲早會餓死，接下來是妳……一輩子都會困在這裡，再也出不去！」

「妳昨天沒這麼糟。」馮千靜握住她的手，好瘦。

「一旦歸屬於這裡，就會以極快的速度死去了！」

第十一章 歸屬之地

「說什麼喪氣話！我進來就會找方法出去！」馮千靜立刻把背包拿下，從裡頭抓出麵包，「來，先吃一點。」

咦？玫瑰錯愕的望著掌心裡的麵包，還以為自己看錯了！尚未回神，手裡又被塞瓶飲料。

「這邊有飲料，配著吃，不要吃太急了！」馮千靜順便挖出了手電筒，「本來也有帶怡蓉學姐的份，不過……看來她已經不需要了！」

麵包！飲料！玫瑰簡直欣喜若狂，她原本覺得自己要死在這裡了！玫瑰捧著食物往浴室那邊衝，著急的撕開包裝袋後大口塞著，馮千靜則拿出手電筒朝前方照去，余筱恩躺在地板上從哭泣轉為喃喃唸著，蛆蟲從她的眼頭鑽出，有一隻眼珠子已經差不多被吃盡了。

玫瑰囫圇吞棗的吞下麵包，又探出頭來打量了馮千靜上下，「說眞的……我剛一時沒認出是妳耶！沒看過妳打扮成這樣！」

「穿成這樣就是爲了進來，總得投其所好。」馮千靜焦急的環顧四周，那變態去找林詩倪了，她是支開了他，可是怕陷林詩倪於險境！

「妳說什麼!?妳故意讓他抓來的？」玫瑰不可思議的喊著，「馮千靜，妳知道進來這裡就再也不能出去了嗎？妳是瘋了嗎？」

「我本來沒預計這麼快進來的……不過沒試過怎麼知道！」馮千靜緊握著拳，「妳吃妳的不要吵我，我剛剛看他一副胸有成竹的樣子，好像能隨時把林詩倪帶進來！」

玫瑰抹抹嘴，顫抖著搖頭，「林詩倪……就算阿杰陪著她，也一定有落單的機會！」

「是嗎？守得嚴實應該是沒問題吧！」話雖如此，但是剛剛那男人的眼神讓她不是很放心。

玫瑰喝著飲料，食物像是一種希望，在她心中燃起了暖意與求生的希望。

陳怡蓉終於爬了起來，用那歪七扭八的骨頭與身體，她朝著門下爬去，又開始伸手扒著地板、敲著門，祈求外面有人能聽到，進來救救她；這是很神奇的畫面，一隻手都被折斷成三截了，卻還能行動，腐爛腫脹的指頭抓著門，爛肉跟著翻出，卻還是能在門板刻上抓痕。

抓痕？馮千靜仰起頭，瞪圓雙眼以手電筒照耀四週，這滿滿的抓痕是他們在現實中的503唯一能看見的——對！馮千靜立刻衝向余筱恩的書桌，翻出了一支粗的奇異筆！

馮千靜打開筆蓋就開始尋找位子，踩上了書桌，在滿是抓痕的牆上寫上了字！

『不能讓林詩倪落單！他……過去了！』

毛穎德才打開503的門，剛打開燈，就看見窗邊的牆上居然出現了黑色的字，而且是一筆一筆出現的！

「馮千靜！」他詫異的看著牆上的字，忍不住揚起笑意，「有妳的！」

他即刻拿出手機聯繫，一邊走到余筱恩桌上找尋可以用的筆，找到了一支螢光筆，在牆上那行某個字上，寫了OK。

「喂，黃宏亮！你們現在在哪裡？全部都過去林詩倪家！『樓下的男人』過去了！……不要問為什麼了，務必全力守住林詩倪！」毛穎德嚴肅的說著，一邊凝重的看著牆上。

馮千靜正瞇起眼，不敢相信的看著牆上出現的螢光筆，喜出望外的笑了起來，他在！他在那邊！毛穎德看見她寫的字了！

浴室那邊傳來聲響，玫瑰的飲料倒了，聽起來倒是空瓶的聲音，她吃得真快，看來真的是餓極了；從這個角度看過去，玫瑰的地盤好像是在浴室裡，只要有事就躲在裡頭……浴室？

林詩倪洗澡時，是一個人吧？馮千靜忽然想起了誇張的事，但是「都市傳說」都眞的存在了，哪有什麼不誇張的！

她立刻正首，在牆上繼續寫上警語！

「對，能叫多少人就叫多少人……反正大家都陪著林詩倪就對了！」毛穎德一邊說，眼尾忽然覺得牆在變化，定神一瞧，看見了驚人的字，「找、找女生去！林詩倪洗澡時也不能落單！找人陪她！」

『嗄？』黃宏亮嗄了好大聲，『連洗澡都要陪！』

「對！洗澡時她也是一個人啊！」毛穎德焦急的嚷著，在牆上的某個字上畫了一道，「立刻就出發，邊出發邊聯絡！」

『不必聯絡啦，我們都在一起，大家在聚餐咧！』黃宏亮早用擴音了，一桌「都市傳說社」的社員都顯得錯愕。

小霞微微顫抖，挺直腰桿，『我也去，我陪林詩倪！』

『小霞！』大角學長顯得很吃驚，她明明怕得要死啊！

『已經一個玫瑰了，不能再有別人，我去陪！』邊說，她站了起來，對著桌上手機嚷著，『毛穎德，我會過去陪林詩倪，你不必擔心了！』

啊……太好了！毛穎德掛上電話，這時候就會覺得這些社員眞的能在緊急時幫上大忙。

凝重的看著牆上的字，眞有妳的啊馮千靜，如果抓痕能無阻礙的傳達到這個空間，那麼文字也行……他闔上雙眼，做了幾個深呼吸，感受著馮千靜在這房間的哪裡呢？

他爬上桌子，依照字的角度，只怕她是爬到桌子上寫的吧！望著憑空出現那幾個字，他只有憂心如焚，以身試險已經很要不得了，她現在更是身在險境了！

他找到了鉛筆，在上頭的空白處小心翼翼的寫下了小字：「我在，妳自己留心。」

馮千靜突然眼眶有些熱，她望著鉛筆字，心裡有種想哭的感覺，不是恐懼，而是一種放心，知道另外一邊還有夥伴，就能給她全力衝刺的力量。

「我必須找到門，快點幫我。」她大喇喇的寫下，要毛穎德隨時互通有無。才寫完這行話，在「幫」那個字上又被劃了橫螢光筆，代表他收到了。

連結兩個空間的東西，余筱恩勢必帶了什麼回家，給了「樓下的男人」一個機會，才會有另一個503，禁錮他挑上的女孩。

她緊握飽拳，這裡的狀況比她想像的嚴重，幾乎是「樓下的男人」構築的自我世界，玫瑰她們就像是禁臠，張雪匀她們也是，將永遠關在這個地方……這個

不能讓林詩倪落單
他…過去了! OK
能叫多少人就叫多少人
找女生去!林詩倪洗
時也不能落單!
我在,妳自己留心.

時候，馮千靜才深深覺得，自己似乎是莽撞了。

如果沒有離開的方法怎麼辦？如果夏玄允判斷錯誤呢？阻止失蹤的契機是錯的，沒有可以開啓又關上的門，一旦遭遇到「樓下的男人」，就再也不可能回到原來的世界……

馮千靜無力的跪坐在桌上，她幹嘛想這些無謂的事情呢？這跟站在擂台上，看著獎盃卻想著自己拿不到有什麼不一樣？她可不是那種窩囊廢！

既然選擇出賽，就一定要戰到最後，絕不輕言放棄！

馮千靜用力深呼吸，重新調整心態跟氣息，跳下書桌，順便在桌上找尋可以用的物品，雖然「樓下的男人」看起來相當強大，但是她不會輕易服輸！

余筱恩跟陳怡蓉又陷入無止盡的哭泣與求救的狀態，五感封閉，唯有在「樓下的男人」存在時才會恢復正常，但所謂的正常似乎依然瞧不見她；這像是滿足男人的個人喜好，女孩們眼裡只有他。

「馮千靜，妳、妳在幹嘛？」玫瑰吃飽喝足的走了出來，看見牆上的字大驚失色，「天哪！妳做了啥!?」

「她們在牆上抓出的血痕，會反應在現實的房間裡，我們都看得見！」馮千靜向玫瑰解釋著，「所以我如法炮製在牆上寫字，在503的毛穎德他們也會瞧見！」

「眞的？」玫瑰圓睜雙眼，「可是你們看不見我們，卻看得見這些……抓痕？」

馮千靜肯定的點著頭，「雖然不知道爲什麼，但至少這是能聯繫的唯一方式了。」

好神奇，玫瑰看著牆上的字，卻忽然緊張的抓住她，「等等！萬一他回來看見的話怎麼辦？妳寫得這麼明顯！」

「嗯？」馮千靜這才認眞的看向牆面，她剛剛根本沒想這麼多，「再說吧，說不定那時我們已經出去了！希望他在林詩倪家樓下守得久一點！」

只要大家都守著林詩倪，「樓下的男人」就只能在樓下空等，就看他有多大的耐性了！

玫瑰感動的望著馮千靜，百感交集，「我們眞的、能出去嗎？」

「我們一定要出去！」馮千靜悲傷的看向另外兩個人，「她們只怕已經沒辦法了，可是我們還有機會！」

「好！要做些什麼妳告訴我，我來幫——」玫瑰話說到一半，忽然張大雙眼，痛苦的撫上胸口，「呃……天……嗯！」

下一秒她痛苦的回身往廁所跑去，居然就開始狂吐，馮千靜錯愕的趕緊上前，聽著那聲音眞令人不舒服，但是她應該是剛剛吃的東西都吐出來了！

「怎麼回事……我都今天買的啊！」看著玫瑰顫抖的背影，馮千靜完全不知道是哪樣食物出了問題！

「啊……嗚！」玫瑰難受的抱著馬桶，馮千靜趕緊上前拍她的背，想著會不會空腹太久，她吃得太急？「咳咳咳！咳咳！」

「妳可能吃太快了，我還有帶吃的，等等慢慢吃好了！」馮千靜邊寬慰著她。

「好痛苦……我的身體好像排斥著那些食物！」玫瑰低泣著。

「說什麼啊，餓了就會想吃！妳都餓這麼多天了，身體巴不得吃飯咧，怎麼會排斥？」等等先讓玫瑰吃小蘇打餅好了！

「吃什麼都沒有用。」馮千靜的身後，浴室的門口忽然傳來男人的聲音，「因爲她的身體，已經不屬於原來的世界了。」

喝！馮千靜倏地回身，看見的是那個男人竟然悄無聲息的站在門口，正冰冷的睥睨著她！

「從來沒有女孩到這裡來會不哭不叫的！妳這個虛情假意的婊子！」男人怒

氣沖沖的低吼著，「還沒有歸屬，每個人都只會尖叫！」

馮千靜火速退到了浴室裡的牆邊，拉開跟男人的距離，他只是冷哼一聲，往裡探了一步，伸手抓住玫瑰的頭髮，直接就往外拖！

「哇啊——不要！」玫瑰立刻被拖離馬桶邊，仰著頭以手護著，看著馮千靜伸長手，「救我！馮千靜——啊！」

玫瑰！馮千靜追了出去，房間裡依然是原來的昏暗，余筱恩跟陳怡蓉曾幾何時又已經躲起來了，男人拖著玫瑰一路往前，直到書桌前時，緩緩的向右看向牆面，那幾個她用白板筆寫的字。

「妳在跟誰聯繫？這裡誰都不會知道、誰都進不來的！」他惡狠狠的回頭瞪著，「這是我的地方，我的家、妳們的家！」

「聽你在放屁，把人抓到這裡來關、讓她們活活餓死還叫你的家！」馮千靜打斷了他的話，「這裡誰是自願的？啊？玫瑰，妳願意跟這傢伙在一起嗎？」

「我不要……我不要！我想回去！」玫瑰哭喊著，「我求求你放我走吧，我根本不認識你！」

「妳遲早會認識我的。」男人將玫瑰甩上了門前那塊玄關空地，「當妳日夜都只面對著我時，一定會喜歡上我的，一年、兩年、五年、十年，一百年……」

一百年……天哪！趴在地上的玫瑰忍不住全身發抖，她會待在這裡一百年？沒有生也沒有死亡，永永遠遠跟這個男人在一起？

「你眞的是變態。」馮千靜咬牙切齒的說著，「只能用這招把妹的爛貨！」

「閉嘴——」男人忽然怒不可遏的轉過頭來，「不許妳批評我！」

「哼。」馮千靜從鼻孔哼氣，就怕男人聽不見似的明顯。

「我……我不急。妳遲早也會順從的。」男人忽然一秒從盛怒轉爲溫和，「過了午夜，妳就會屬於這裡、歸屬於我，很快的就會跟玫瑰一樣，不需要吃喝，不需要面對死亡。」

過了午夜？這句什麼意思？

「這邊有兩個正在腐爛的女人，你是在睜著眼睛說瞎話嗎？」馮千靜邊說，邊從床底下拖出陳怡蓉，「怡蓉學姐變成這樣，你說是歸屬！」

「學姐……妳認識怡蓉？」男人有些困惑，「妳也認識玫瑰……對，妳也認識林詩倪，這麼巧！這樣大家相處起來就不會有問題了。」

「我沒有意願跟已死之人相處。」馮千靜鬆了手，陳怡蓉恐懼萬分的爬回床底下。

「妳們不會死，只是進入永生，永恆的生命，跟我在一起。」男人說著，房間忽然再度亮起，腐爛的女孩們也恢復還活著時的樣子。

但地上的玫瑰依然痛苦的咳著，她覺得腹痛如絞，剛吃下去的食物正在折磨著她。

「看看妳的食物把玫瑰害成怎樣，歸屬後就屬於這裡屬於我，妳帶再多的食物來也餵不飽她，她必須跟筱恩她們一樣，走向人生另一個階段。」男人走到玫瑰身邊，「我可能必須加速妳的進程了，玫瑰。」

午夜之後就會屬於他？馮千靜暗自忖度，那表示她還有時間，因爲她尚且不屬於這裡！

「馮千靜，」男人忽然回頭喚著她，「看看妳對姊妹們做了什麼。」

餘音未落，男人忽然跨坐上玫瑰的身體，雙手掐住了她的頸子——

「住手！你在幹嘛？」馮千靜二話不說衝上前去，由後抱住男人要拖他下來！

「攔下她！」男人忽地大聲喝令，余筱恩立刻從衣櫃裡走出，使勁扳開馮千靜環住男人身體的手！

「余筱恩！妳瘋了，別碰我……」還沒喊完，後頭的陳怡蓉已經勒住她的頸子，強硬的把她從男人身上拖了下來。

馮千靜被兩個女孩拖下來後，陳怡蓉甚至扣著她的頸子不讓她動，余筱恩壓了上來，兩個人看上去完全正常，可是雙眼裡卻幾乎沒有神智。

「啊啊……」玫瑰痛苦的掙扎著，馮千靜動彈不得，因爲陳怡蓉她們的力氣好大，感覺也已經不像人類！

男人緊掐著玫瑰的頸子，眼神凶狠至極，玫瑰又踢又打的，直到放軟了身子。

「賤女人、妳瞧不起我瞧不起我，以爲自己漂亮就了不起嗎！」男人忽然抓著她的頸子往上提拉，再往地板擊去，「妳明明就說過喜歡我，妳根本在利用我！利用我！」

咚！咚咚咚，玫瑰的後腦勺被一下又一下的往地板敲去，她早就已經沒有掙扎了，可是男人的力道卻越來越猛烈，甚至抓著她的頭髮，發狠般將頭顱往地上砸去！

「喜歡蓮花嗎？妳就變成蓮花吧！」男人嘴裡唸著莫名其妙的話語。

玫瑰的頭骨碎裂聲傳來，血花開始濺出，馮千靜有這麼一瞬間理解到……男人把玫瑰當成了誰！

屋子裡陷入一片靜寂，鮮血四濺，男人忽然停手的站起，馮千靜可以看見玫瑰的喉管已被壓扁、後腦勺也平了，腦部組織溢流得到處都是，躺在一灘血窪裡。

「呼……玫瑰，起來。」男人向後退著，淡淡的說了這麼一句。

下一秒，玫瑰就坐起來了，以完整的模樣，但是眼神再也不對了。

「我知道妳想做什麼，妳自以為能反抗我，能帶走玫瑰……哼！」男人笑著，「妳讓我想到那個女人，跟妳一樣這麼心高氣傲的……」

哪個女人？馮千靜早已不再掙扎，省力氣。

「我會把林詩倪帶來的，妳等著。」男人冷漠的笑著，「妳等著。」

「我不會讓你得逞的。」馮千靜忽而一笑，瞬間抓過陳怡蓉的頭髮，往余筱恩的頭撞過去！

咚！兩個女人頭一相撞，身體就失去了重心，馮千靜瓦解了勒在頸部的手，將陳怡蓉往前拋扔出去！

「壓住她！制住她——」男人大吼著，「不，殺掉她！誰殺掉她，我就放誰走！」

什麼！這是哪門子的「獎勵」啊！她們都已經死了啊！根本不可能出去！

男人下一秒奪門而出，燈光驟暗，女孩們恢復眞實的模樣，這時候的她們滿心都只有一個願望：離開。

她們沒有人認得她，正用著極度渴望的眼神朝她看過來……那是充滿殺氣的眼神，因為誰殺了她，就可以離開這裡了！能夠離開啊！

馮千靜抓過了桌上的檯燈，毛穎德，你到底找到了沒啊？

「對不起了，學姐！」

林詩倪站在窗邊，「樓下的男人」就在樓下，像是等待著機會。

但是她第一次不感到害怕，因為她的家，滿滿的都是人。

「詩倪，要洗澡了嗎？」小霞微微笑著，旁邊還有兩三個女孩一起。

「好！」她點點頭，「謝謝！」

「毛穎德他們在搞什麼鬼啊，都不說的！」大角學長很是困惑，「感覺在進行很神祕的事咧！」

「好歹讓我們知道吧！」黃宏亮也咕噥著，「至少說說為什麼知道『樓下的男人』要過來找林詩倪吧！」

「講得好像一副他們知道『樓下的男人』行蹤似的！」

「哈哈哈！說什麼傻話啦！」大角學長扔出倒數第二張牌，「UNO！」

林詩倪跟女孩們進入狹窄浴室，若有所思，怎麼知道「樓下的男人」行蹤？這似乎代表著已經有人被帶走了，馮千靜已經遇上了嗎？

「林詩倪，妳不要怕，我們都在這裡。」小霞注意到發抖的她，「那傢伙不會有機會的。」

她含著淚點點頭，她不再為自己害怕，她只希望馮千靜的計畫可行，真的能夠把其他人帶出來、能夠阻止失蹤案、能解決「樓下的男人」！

平安的回來吧！

第十二章 連結

毛穎德從衣櫃開始翻找，再找到旁邊的櫃子裡，余筱恩東西之多讓他有點頭疼，而且他根本不知道該找什麼！馮千靜說包包裡的東西很輕薄，幾乎沒什麼重量，但是這樣的東西太多了！

他頹然的坐在地上，或許他該想單純一點，例如……昨天他跟馮千靜是怎麼進去的？

右手忽而感到一陣濕潤，他嚇得縮手，立即往地板看去，卻看見衣櫃前的地板湧出鮮血，瞬間覆滿了地板，他驚訝得退到一旁，不可思議的看著那越來越大的血灘……出事了！

那邊出了什麼事？毛穎德立刻爬起來往牆邊去，再度用筆寫上：「妳怎麼了？」

慌張的回頭再看向那灘血，卻消失了！

「怎麼……」他重回剛剛滲血的地板處，什麼都不復見，可是……他看向自己的右手掌心，血紅一片不是錯覺！

那邊出事了，有人流了血，剛剛那片血窪並不小，流出的血甚多，這不是一般輕傷而已！

誰受傷了？昨天余筱恩已死，陳怡蓉奄奄一息，僅剩玫瑰跟馮千靜，雖然這樣的私心非常過分，但他還是不希望受傷的是馮千靜——而且她不會受傷吧那女人！

緊張的重回牆邊，沒有任何回應……她只要有看到一定會回的……對！她只是看不到而已！

毛穎德找遍了余筱恩的筆筒，他想要一支顏色不同的顯色筆，他當然可以去買、可以去借，但他現在一步也不願意離開這間房間！

啊！對了！他飛快的拿出手機撥打，這個時間，夏玄允他們應該要到了！

「夏天！你人到哪裡了？過來前去買一支紅色的白板筆給我！」電話才通，他劈頭就吼。

咚咚咚的腳步聲忽而從外面傳至，伴隨兩個氣喘吁吁的男孩……不會吧！毛穎德趕緊往門外看去，夏玄允跟郭岳洋滿頭大汗的站到了他面前。

「講太慢了吧，我們都到了！」夏玄允嚷著，「你要白板筆做什……麼……」

他已經看見了正對著門口的字，一時語塞，眼淚瞬間迸了出來，「小靜……」

「人還沒死哭什麼！」毛穎德嚷著，「快去買筆！剛剛裡面出現大量的鮮血，我擔心她出事！我需要顯眼的筆！」

郭岳洋立刻跪地，在背包裡翻著，「我有我有，我有粗的紅色簽字筆！」

才一遞出，毛穎德立刻抽走衝到牆壁寫上大大的：「妳沒事吧？快回我！」

回……回，她很想回啊！手裡拿著檯燈，靠在衣櫃上的馮千靜看見牆上出現的字，正抹去嘴角滲出的血，如果她有機會的話，絕對馬上會立刻回的！

玫瑰手裡拿著美工刀直接殺來，馮千靜握著電線把檯燈拋出去正中她的臉，同時陳怡蓉俯身朝她肚子衝至，她及時抬起左腳以膝擋下，同時將兩個女孩打飛出去。

她身上有些小傷口，因爲玫瑰拿著把美工刀亂揮，忙得不可開交還回覆咧！她根本連靠近桌子都成了問題，這幾個女生爲了離開無所不用其極，而且根本沒有人知道自己已經死了！

「這麼久是對的嗎？」夏玄允慌張的走了進來，「她沒回啊！」

「會不會回不了？」郭岳洋提出了可能性。

毛穎德回頭瞪了他一眼，說得難聽但是很有可能，「她在那邊我們什麼都幫不了……快點，我要找出余筱恩當初帶了什麼回來！幫忙！」

「帶了什麼？」夏玄允一臉困惑，「這要怎麼找啊，沒有頭緒，至少給我個方向吧！」

「好……昨天我跟馮千靜不是誤闖了那間房，我們就站在這裡……」毛穎德站到了門後，回想幾秒後再退後一點，再退後一步，他發現他到了門外。

「這裡？」就站在外頭走廊上的郭岳洋愣愣的說著，「你在門外耶，毛穎德。」

「對啊，可是我那時眞的在門外……」他闔眼回憶著，是馮千靜站前面拿鏡子反射，然後她喊了聲學姐就……啊！

毛穎德做了一個身體不平衡的動作，像是踉蹌進入一樣，不過是慢動作，跳跳的進入房間，站在床尾……再往前一點？

「不是我。」他突然驚覺到，「不是我誤闖了空間，先進去的是馮千靜——我是因爲拉住她的手才……」

夏玄允聞言，立刻朝他走了過來，「好，我當馮千靜，你怎麼拉的，她站在哪裡？」

大家立刻擺姿勢，毛穎德憑著記憶去調整位子，此時此刻，郭岳洋卻看見牆上出現了歪歪斜斜的字！

「她回了！」

字跡潦草又亂七八糟，只有一個字：「找！」

玫瑰從桌旁撲了過來，馮千靜整個人連同玫瑰一起往桌下滾落，所幸她及時以右手擋住她的攻勢，美工刀尖就差幾公分就刺進她的臉了！

「玫瑰，妳已經死了，出不去了！」她嘶吼著，「妳們通通都已經死了啊！」

馮千靜眼尾瞥見衝來的余筱恩，立刻以左腳踢牆好讓自己轉動方向，拿玫瑰當盾牌迎向余筱恩，再雙腳朝玫瑰肚子踢去，讓她們倆摔成一團。

「不……我要離開！我要離開……」跌成一團的她們還在喃喃唸著，只要殺了這個人，她們就可以離開這裡了！

嗚嗚嗚嗚，回到原本的世界！

「放我走！我求你了！」陳怡蓉大聲吼著，歇斯底里的朝她衝了過來。

該停止了。

馮千靜往旁邊閃躲，讓陳怡蓉撞上櫃子，她調整著呼吸，離開對於房間裡的人是最大的執念，想想西郊的情況，都十年了，那群女孩還在發狂的想要脫身。

所以，她不能再把她們當成學姐、同學、或是社團人員了。

彎身拾起昨夜毛穎德扔在角落的啞鈴，睜開凌厲的雙眼——只能對不起了！

第一個撲上來的是余筱恩，馮千靜率先就是穩住重心，低下身子掃掉她的腳，緊接著趁她倒地時立刻抓住她的腳踝，狠下心就往旁一扭……腐爛的屍骨要扭斷一點都不費力，余筱恩並不會痛，她的小腿就被卸下了！

坐在余筱恩身上的馮千靜，看著牆上再度出現紅色的字跡，然後陳怡蓉爬著衝來，她掄著啞鈴狠狠的朝陳怡蓉腫脹的臉砸過去，腐液飛濺，她別過頭，聽著陳怡蓉狠狠撞上門板的聲音。

毫不猶豫的起身，陳怡蓉躺在門前的地板上，頭已被啞鈴打破，連頭頸子折了九十度，正在地上抽搐，試著要把頸子調回來，馮千靜飛快的上前搬起門邊的床鋪，將床腳對著她的臉，鬆手、壓下。

左手邊忽地人影在旁，馮千靜立即抓握住對方的手腕。

玫瑰是最像人的，身體尚未腐爛，只是喉管氣管被捏癟，後腦勺被敲碎糊爛而平整，其他都還算正常，也是她沒有辦法輕易去傷害她的主因，她被外表制約了！

連喊都喊不出聲，玫瑰只是哭著，她如果能有聲音，只怕也是喊著放她離開。

要她這樣面對朋友，只是讓她心如刀割。

「對不起。」她低聲說著，握住玫瑰另一隻手，將她朝衣櫃那邊甩去！

玫瑰撞上衣櫃，馮千靜早已一步上前，彎腰抱住她腰際，立刻將玫瑰倒立過來，以頭下腳上之姿的朝衣櫃裡撞進去，一下、兩下、三下……平常她會希望對方昏倒，現在她必須以希望對方往死裡去的力道。

關上衣櫃門，一轉眼昏暗的屋子裡三個女孩只剩哀鳴，但是至少暫時沒有人能起來傷害她！

馮千靜有種自己在殺人的感覺，儘管知道她們都已經不再是人了。

沒有時間了！她回到牆邊，看著紅色的字：「妳昨天踩到的，床腳前。」

余筱恩的床就在門邊，與門是同個牆面，她昨天踩到什麼……啊啊，就是壓著陳怡蓉的另一個床腳。

她回身往地上搜去，抓過手電筒往地上照，這裡滿地都是東西，而且剛剛還因爲打架都亂了……她一個一個拿起搜查，找尋任何可能的東西！

「到底是哪個……」毛穎德的手在亂物堆裡翻找，廣告傳單、衣服、筆記本、連課本都有！「夏天，這個方法眞的有效嗎？萬一找不到，馮千靜就回不來了！」

「一定得有效！」夏玄允厲聲回著，煞是緊張的看著他，「那封信鐵定是關鍵，是『樓下的男人』交給張雪勻，雖然不知道他對她說了什麼，但張雪勻將那封信特別註記起來，若非如此，她的父母也不會寄出那封信！」

「寄出後就再也沒有人失蹤了！因爲那封信是『樓下的男人』交給張雪勻的！」郭岳洋也認眞的回答，「所以信離開了張雪勻的房間，就把門關上了……他也不能再妄爲，我們必須相信這樣，趕快把她們帶出來。」

毛穎德點點頭，事到如今，他也只能抱持這樣的信念！

「說來幸運，如果張雪勻的父母沒留意到那封信，只怕失蹤的女孩子會越來越多……」毛穎德搖搖頭，「要是早知道，應該要燒掉那封信才對。」

「對他們來說，那是張雪勻的未竟之事，她另外釘在牆上的，還特別用便條紙標示出來，她父母當然不知道！只是看著上面有地址，幫忙貼郵票就寄出去了。」夏玄允語重心長的說道。

「信寄走後呢？」毛穎德想到這點，「有沒有在另外一個地方出事？緊接著哪裡也發生都市傳說？」

「我們查過了，緊接著倒是沒有，因爲那封信是寄到我們這裡！」郭岳洋忙不迭的翻著筆記本，「張雪勻的父母記不清，但是記得是寄給W市的葉忠鑫，對方有沒有收到也沒有去深究了。」

「我們直到現在才面臨這個『都市傳說』。」夏玄允嘆了口氣，「所以跟十年前寄出的那封信沒有直接關聯。」

毛穎德將手邊的傳單往門邊扔，繼續翻找著手裡的課本，這簡直跟大海撈針一樣，馮千靜在那邊越久，危險就多一分……他放下手裡的東西，既然他的第六感比別人靈驗一點，那麼……或許他可以用直覺來感受這裡的東西。

如果不正常，他第一眼應該就能看出來了吧!?毛穎德闔上雙眼，平心靜氣，就跟夏天他們拍的照片，他不就看見站在窗邊的吶喊女孩！那封信想必是釘在門邊的板子上，直播時他也沒少看了那邊傳遞出的負面訊息。

寄出去的信，中斷了西郊的失蹤，無心之舉卻……等等！毛穎德忽然跳開眼皮，看著眼前兩個正在幫忙尋找東西的同學。

「你剛說寄給W市的誰？」他忽然問了句。

「呃……」郭岳洋再看了一次本子，「葉忠鑫啊！」

毛穎德倒抽一口氣，瞪圓雙眼衝到門邊翻開背包，把那一大疊資料拿出來，不顧亂七八糟的抽出最上面那張，他們才討論過的，「樓下的男人」，六年前失蹤的大三生，雙腳裝有義肢，二十四歲的葉忠鑫！

「信是寄給他的！靠！」毛穎德忍不住吼了起來，「葉忠鑫！就是現在這個

『樓下的男人』！失蹤的傢伙！」

「什麼？」夏玄允跟郭岳洋跟不上狀況，但卻異口同聲，「都市傳說還會互通有無！」

毛穎德回身把那張翻到爛的紙塞到夏玄允胸口，他們兩個趕緊看著當年的新聞報導，而毛穎德則立刻蹲下，他已經知道要找什麼了——馮千靜一腳踩進來，勢必踩到了那個東西，一封信，只怕是一封陳舊斑駁的信，來自十年前西郊那個「樓下的男人」！

該死的變態男人！

剎！在床腳下的縫隙裡，毛穎德抽起了泛黃的信封，只怕是他們剛剛來往紛沓把信移塞到裡頭去了！

「找到了！」毛穎德高喊著，「快點通知馮千靜！」

才抬頭，他就看到剛剛他們對話的牆上，出現了歪斜的橫線，然後畫了個箭頭向右！右？

馮千靜驚慌的回首，她聽見了！聽見腳步聲急促，那男人的步伐好重感覺似乎很不爽啊！她什麼都還沒找到，就聽見聲音，來不及也不適合再寫些什麼了，不能讓「樓下的男人」瞧見！

先胡亂畫個箭頭，她想藏到浴室去。

繞出書桌往浴室去，腳步聲已經在門口了，喀啦門把轉動，門猛然一開，卻撞到了躺在地上，臉被床腳壓著的陳怡蓉。

「搞什麼！」葉忠鑫怒不可遏的使勁推開門，硬是讓陳怡蓉腰部骨頭拆離的進入，「是妳——妳通知他們了！」

馮千靜轉身看著盛怒進入的他，拿在背後的筆在牆上又補畫另一道箭頭，她還沒來得及進浴室咧！

葉忠鑫望著一屋子的亂象，他「心愛的女孩們」個個悽慘，眼神裡帶著不可思議，三個已經不屬於常人的女孩，竟然會輸一個還未歸化的普通女孩？

而且每個都被折磨成不成人樣，陳怡蓉的臉毀了，連尚未腐爛的玫瑰都能被折摔成那樣……馮千靜該是溫柔恬靜的女孩啊？

「怎麼？看來林詩倪沒有很喜歡你喔！」馮千靜拿在背後的筆繼續畫著，沿路往浴室的方向畫去。

黑色的筆在牆上逐漸出現痕跡，毛穎德擰著眉看著詭異的筆跡，忽地向左回首，看見郭岳洋拔開筆蓋，正準備通知馮千靜關於信的事！

「等等，不要寫！」他及時大喊，「她在移動，別寫在那裡！」

「咦？」郭岳洋愣愣的看著眼前的箭頭，「往右邊看嗎？」

「不……不是！她遇到了什麼，連直線都畫不好，歪扭成這樣！」毛穎德思考著，不由得想到地板的血，「她不是安分的類型，說不定打起來了……夏天，你負責浴室跟外面這塊，郭岳洋你就在那邊觀察，我們要隨時注意多出來的字跡！」

線一路到了浴室門外的牆停止，葉忠鑫把床搬起，將陳怡蓉拖了出來，她又驚又懼的嗚咽哭著，連滾帶爬的想鑽進床底下，立刻就被拉出！

「沒殺死馮千靜，誰都休想離開！」他一邊吼著，一邊把余筱恩的頸子扭正。

趁著這空檔，馮千靜閃進了浴室裡，匆促畫上一個問號。

「出現了！她在浴室！」夏玄允高聲喊著，郭岳洋立刻衝進浴室裡。

「不要寫字，用畫的！」毛穎德也奔了過來，「以防萬一，我們都不要寫明！」

郭岳洋用力點頭，在牆上畫了一個信封的模樣，馮千靜瞪大了眼看著那個像郵件的圖案，完全不能理解……信封？信？現在是要她找信嗎？

信封不是十年前張雪勻那邊的關鍵？難道這邊也是嗎？

才在閃神，左手邊忽地闖進握著美工刀的玫瑰，馮千靜總是能飛快的閃過，雙手握住她刺來的左手，眞的是在逼她啊……她不留情的往下扭轉，扭斷了她的韌帶，人再向左旋了半圈，讓手肘狠狠的打上玫瑰的臉。

但她始終沒鬆手，在空間有限的浴室裡旋了一圈，看準接力衝來的余筱恩，將玫瑰當球一樣拋扔出去，一塊兒撞倒。

抽空再探身進去看，信封上面又畫了個……什麼東西啊!?

「讓我出去！妳能讓我出去！」門口竟突然又出現陳怡蓉，雙腳不便的她一轉眼又能跑了，手上也懂得握著鈍器直接朝她的額前擊下。

馮千靜雙腕交叉於頂，及時擋下，右腳朝陳怡蓉膝蓋踹去，不忘順便推她一把，讓她狼狽的撞上水龍頭，又跌到地上；馮千靜看見蓮蓬頭覺得不錯，突然覺得狹小的空間對她來說是個好地方，至少可以一一解決。

取下蓮蓬頭，當單截棍般揮動，握著膠繩處朝著欲爬起的陳怡蓉額上狠擊，不再管她頭破血流，她說服著自己她們都已經不是人了！

余筱恩接著又進來，不管她要做什麼，馮千靜都先用蓮蓬頭的繩子將她的手圈住，逼迫她們之間拉開距離，眼尾則瞄著牆上未竟的圖……這到底是誰畫的啊!?

「拿來！」毛穎德看得忍無可忍，「郭岳洋，你美術很差嗎？」

「嗚……」郭岳洋一臉受傷的模樣，默默退到旁邊。

「洋洋美術眞的不好……不過一張床很難畫嗎？」夏玄允歪著頭，怎麼看都像桌子。

毛穎德迅速的畫著床，枕頭都放上去了，馮千靜雙眼一亮，床下的信封？用動的蓮蓬頭一記再一記的往余筱恩臉上敲去，專針對她被蟲吃光的眼窩，接著照樣朝陳怡蓉一推，將她們疊到了一塊兒。

馮千靜飛快的拿起筆在上頭打個勾，她沒空寫字，因爲玫瑰又來了，而她不能再被困在浴室裡。

「啊啊啊！」馮千靜拿著蓮蓬頭抵住玫瑰的身體，大吼著一邊往外推，推得她踉蹌向後，直到絆到了床摔上去。

葉忠鑫就站在門前看著，氣急敗壞的喝令著，他等不及午夜後的歸屬，現在就該讓馮千靜變成這裡的人！

床底下哪裡？馮千靜看著床下一堆東西，現在這情況她要怎麼專心找啊！

玫瑰翻滾下床，身後的浴室裡緊接著衝出了陳怡蓉跟余筱恩，逼得馮千靜跳上了床……跳上了床啊！

她雙腳踩在彈簧床上，呵……馮千靜揚起了自信的笑容，還眞有熟悉感呢！

她開始跳躍著身體，看著站在床下三個體無完膚的同學或學姐，她絕對沒有針對性，只是爲了求生罷了。

站在擂台上的小靜，怎麼可能會輸人呢！

跳打、迴旋踢，馮千靜使出渾身解數、毫不留情的出手，前後不出一分鐘，就讓三個女孩骨折斷手碎骨的倒在地上動彈不得。

「怎麼……」葉忠鑫瞠目結舌，不敢相信馮千靜的動作竟然如此凶狠！

馮千靜跳下了床，自床頭二話不說的搬起整張床，直接往葉忠鑫那邊扔過去！

「哇……住手！這是我們的家！妳不能這樣！」葉忠鑫看著床架倒下，哇啊的跟著跌下。

好了！床搬走了，馮千靜飛快地蹲下來找尋，信信，一封信很好找的……床板微動，眼看著葉忠鑫似乎要起身，她立刻衝過去一腳踩住，能撐一秒是一秒！

靠近門邊的一堆亂物中沒找到，經過激鬥後太多東西都被掃下來，靠近書桌處也沒有！她不得不鬆開腳再往裡去，陳怡蓉躲進床下時也帶了不少東西走，課本、作業、雜誌還有……

「我的女孩要溫柔！溫柔——」伴隨著咆哮，床忽然一分爲二，自兩邊拆開！

床板砸上窗子碎裂，玻璃又瞬間結合，另一半撞上門成了個粉碎，嚇得余筱恩等人摀著耳朵縮在地上恐懼哭泣。

「我不要粗魯的女孩，妳不是、妳不是我喜歡的！」葉忠鑫氣惱得漲紅了臉，指著馮千靜罵，「我不要妳！」

「現在要退貨了嗎？」馮千靜緩緩站起身，「不喜歡會保護自己的女孩？」

「不是……妳不該是這個樣子的！」葉忠鑫竟然開始歇斯底里，「要溫柔、要可愛，文靜甜美，妳應該是這樣，喜歡我的女孩就該是這樣！」

「到底是誰喜歡你啊？還挑咧！」馮千靜高昂起頭，右手捏著張泛黃的信封，「這誰寫給你的情書嗎？」

葉忠鑫臉色丕變，馮千靜原本以爲他會衝過來的，但是他卻只是站在原地，然後……她覺得腳下的地板在波動了！

「拿來給我……」葉忠鑫伸出了手，陰狠的對著她，「這裡是我的世界，妳贏不了的……」

馮千靜瞇起眼，捏緊了信封，「我的人生中，不接受失敗這兩個字！」

她大喝一聲，扭頭就想往浴室跑去，只是才跨出第一步，浴室門居然主動關上了！一屋子桌椅都開始在挪動，右手邊門旁的衣櫃筆直的朝她衝了過來……哇咧，這是開外掛嗎!?

馮千靜千鈞一髮才閃過，正前方的日式桌朝著她腳邊也移來，她靈巧的躍上，把信封往內衣裡塞妥，看著腳下地板的木板開始斷裂翹起，一轉眼地板上成了刺棘陷阱，她要是掉下去，只怕就受傷甚至穿心了。

桌子在動，像是意圖讓她掉下去似的，連電腦都朝著她飛來，馮千靜彎身閃過，電腦在身後才撞碎，四層矮櫃就低空朝她筆直而至。

「正好！」馮千靜竟然一躍而起，攀住了身邊的衣櫃上緣，俐落的攀爬上去，飛快在牆上寫上了：*GOT*！

郭岳洋呆然的望著逼近天花板的字，「她爬那麼高做什麼啊？」

「到手了？」毛穎德回身看見字，喜出望外，「太好了！如果她已經拿到信封的話——」

然後呢？毛穎德覺得思緒中斷似的，望著手裡的信封眨眨眼，對啊，就算有了這個關鍵物，然後呢？

「把信寄出去嗎？」郭岳洋很認眞的看著他。

「小靜還沒出來不可以！」連夏玄允都出聲了，「快帶她出來啊，我們再把信封處理掉，門就關上了！」

「帶她出來？」毛穎德簡直愕然，「我該怎麼帶她出來？」

使用說明沒有這一條啊！

三個男孩面面相覷，他們只想到關門，卻壓根兒沒想過如何救人出來……有了門只知道關不知道怎麼開，過往「樓下的男人」的失蹤案例，也沒有一個人回來啊！

第十三章 分秒必爭

「馮千靜進去前你們沒有討論過嗎？」夏玄允不可思議的嚷著，「都沒講過她就這樣進去了？」

「我們知道要找到門，這是連結空間的重點，可是、可是……她進去是意外啊！」毛穎德混亂的走來走去，看著高處的字，他只覺得不安！「要帶她出來，一定要……」

「可是，你們不是出來過了嗎？」郭岳洋睜大疑惑的眼，「昨天晚上，你們不是才見到玫瑰又出來了嗎？」

昨天晚上，他們誤闖進那個503，看到了玫瑰、陳怡蓉及余筱恩，知道「樓下的男人」還想再收集女孩，然後——毛穎德登時立刻看向手錶，倒抽了一口氣。

他知道了！

「對啊！你們昨天晚上怎麼出來的？」夏玄允抓住了他的衣服，「快點回想，昨天你們兩個都能進出，一定有關鍵的，也要踩著信封嗎？還是……」

夏玄允跟郭岳洋在耳邊吱吱喳喳，不管他們想了什麼，毛穎德都知道不對——因為昨天，他們是用三腳貓言靈出來的！

可是，他的言靈二十四小時只能用一次，現在距離二十四小時大概還有十分鐘！

每次使用後他都會記下時間，昨天是五十五分過後近午夜！

「寫字！寫上十一點五十八分！」毛穎德大喊著，「寫得越大越好，讓她知道！」

他衝到門邊、床腳旁，把信封擱在原來的位子，他只能使用日常生活的言靈，所以一定要認眞思考要說什麼，不能太難，要簡單到不行的話語。

「就寫這樣？」郭岳洋超級不解，「爲什麼一定要十一點五十八分？不能立刻嗎？」

「不要問了，就那個時間最好！」毛穎德低吼著，「還要告訴她，我們會把信燒掉！」

不管發生什麼事，妳一定要撐住啊！馮千靜！

「我去準備！」夏玄允即刻風也似的衝出去了，除了打火機外，或許還能再準備點別的！

整間房間都在晃動，馮千靜覺得自己像在水床上一樣，物品齊飛也就算了，衣櫃門還會冷不防的打開暗算她，害她差一點摔上那滿是陷阱的木板，葉忠鑫就站在房間角落控制著這一切……她盡力的維持平衡，才想再爬上衣櫃，衣櫃就被撤走，方桌疾速的抽離，她早有準備，往前一躍，跳上了窗戶邊的桌子。

葉忠鑫明顯的轉身往後，不知道是不是錯覺，馮千靜覺得他好像避著她？

對面的牆赫然出現了 11:58 的數字，馮千靜有些錯愕，不由得看了看自己的手錶——還有八分鐘？她現在這種狀況他們還要看時辰！午夜過後她就會歸屬這裡了耶！

就近往旁邊的窗戶寫上：「Now」

不管他們用什麼方式，現在馬上讓她離開就對了！因爲如果她不小心死在這裡，那就眞的永遠出不去了——不過，他們要用什麼方法讓她出去？

馮千靜忽然驚覺到這件事，就算她拿到信封了，要怎麼出去？她眼神落在一點鐘方向的門上頭，跟昨天一樣堂而皇之的開門出去就好了嗎？不，這是葉忠鑫的世界，這麼容易就太好笑了。

昨天，是毛穎德帶她走的，唉！

天殺的三腳貓言靈，人家漫畫電影裡都威得要命可以連續用，爲什麼偏偏他就得等二十四小時！昨天就是這時候闖進來的……敢情是要過了十一點五十八分才滿嗎？可惡！

她還有八分鐘，必須維持自己的生命！

「把信交給我！」葉忠鑫咆哮怒吼著。

「有本事自己來拿！」馮千靜挑起嘴角，比出李小龍招牌架勢，手掌向上，手指輕輕的扳動。

來啊，她彷彿聽見敲鐘的聲音，從現在開始，她就是站在擂台上，八分鐘不許落敗！

「啊啊啊——」正後方冷不防的傳來尖叫聲，馮千靜倏地回頭，竟是玫瑰撲來，她眞以爲她們再也動彈不得了！

馮千靜向後閃過，但是肩膀還是被劃傷了，可是玫瑰來得正好啊，她掃腿踢向玫瑰，就待她倒下的那瞬間，她立馬從桌上一個俐落側翻，一腳踩上玫瑰的身體當墊子——雙手同時握住椅子，將椅子往前蹬上不平整的地當成重心，握住再一個倒立空翻，併攏的雙腳在一百八十度後直接踹向了葉忠鑫！

「走開！」葉忠鑫竟然節節後退，一堆書冷不防的擋在他們中間，馮千靜踢到了書，瞬而落地！

葉忠鑫身邊的地板是完整的，馮千靜瞥向他帶有驚恐的眼神，滿腹疑惑……他是在怕什麼？該怕的是她吧？

「余筱恩！快點拖她走！」葉忠鑫嚷著，極度戒愼恐懼，馮千靜不管後面衝來的是誰，回頭只是浪費時間！

她一個箭步跳上前，擒賊先擒王！

握住葉忠鑫的手的那瞬間，淒厲的慘叫聲即刻傳來，「哇啊啊啊——」葉忠鑫的手即刻如燒紅的炭般冒出煙來，他一把推開了馮千靜，她斜向後撞上牆，那兒還有四層櫃在，她及時扳住櫃子邊緣，只靠雙手撐住全身重量，不使自己貿然落地。

余筱恩她們再度因爲葉忠鑫的命令起來了，馮千靜在這時就明白爲什麼了！她一屁股坐上四層櫃，扣著櫃子挺腰，雙腳騰在空中就朝著余筱恩掃踢過去！

看準位子踩上翹起的木板中段，一腳踩斷了幾片木板片，逼近在那裡哀鳴的葉忠鑫。

「馬的你這個俗辣，原來你根本不敢碰我！」馮千靜映在身後的手扣住櫃子往前扔去，櫃子一落地她即刻助跑踩上，半空中旋了九十度，右腳直朝葉忠鑫的頸子扣去！

「哇啊！」他狼狽的仰躺落地，頸子那兒立刻灼紅一塊，「不要碰我！」

「午夜過後是這個意思啊……等我歸屬？」馮千靜踩上剛剛床板的破片，順道把彈簧床也往前踢，鋪出條路，「在我成爲這裡的一份子前，你是不能碰我的是嗎？」

葉忠鑫以手肘撐著身子向後移動，馮千靜從容的看著手錶，還有一點點時間，她倒是可以好好的料理一下這位大眾情人哪！

臉上一個洞的陳怡蓉搖搖晃晃的撲至，馮千靜隨手撿了根床板的木柴插進了她臉上的洞裡，再將她使勁往余筱恩那邊甩去；借力使力跳到了葉忠鑫身上，二話不說跨坐上去！

「我們沒有一個人喜歡你，你這個變態！」馮千靜以手肘抵住他的咽喉，「你根本是自以爲是的想法，這樣傷害她們……」

「啊啊……放開！」只要馮千靜所碰觸之處均即刻燒灼，馮千靜超大方的跟他展開肌膚之親，余筱恩她們也能感受到「主人」的不對勁，紛紛的縮在角落，又開始哭泣。

葉忠鑫開始掙扎，曲膝想由後將馮千靜打下，她卻俐落的抓住他的衣領硬讓他站起，右手掄拳，狠狠就是刺拳、直拳、高邊腿、原地回身再一個肘擊！

呼……五十七分，馮千靜抽空看向牆，曾幾何時那上面居然畫了一個信封及……火燄？火！

她慌張的用空著的那隻手把信從領口裡拿出來，他們要燒這封信嗎？徹底把門給毀掉！

「……馮千靜！」玫瑰的聲音顫抖著傳來，她嚇了一跳。

回身，三個女孩依然是或可怖或腐爛的姿態，可是彷彿都因爲葉忠鑫的衰弱而恢復了些許。

「我死了嗎？」玫瑰望著體無完膚的自己，「我已經死了！天哪！」

「很抱歉。」馮千靜還是不希望她們過度靠近，保持距離以策安全，「妳們……只怕都已經來不及了。」

「嗚……」玫瑰失聲痛哭著，她原本以爲、以爲自己還有點希望的！

陳怡蓉低垂著頭，悲傷得不能自己，「爲什麼會這樣？我不想待在這裡！」

「學姐，我的背包裡有要給妳的講義……」馮千靜凝視著她，「這是我最後一次幫妳帶講義了。」

余筱恩不認識馮千靜，但是她是最理解發生什麼事的人，看著已經腐敗的自己，嚎啕大哭。

她誰也救不了，誰也帶不走，但至少……馮千靜望著手裡的信封，希望可以斷絕更多的女孩子受害！

「至少帶我們的屍體走吧！」余筱恩喝喊著。

馮千靜沉重點點頭，生要見人，死要見屍，西郊失蹤案的八個家庭，一定都是這樣想的！

唰——右後方倏地伸出一隻手，直接搶過她手上的信封！

但是馮千靜的反應永遠比常人快，她在千鈞一髮之際反手扣住了對方，兩隻手臂交纏著，貼合的地方正冒著黑煙。

葉忠鑫忍著燒灼，依然緊握著信封，「妳剩沒多少時間了，等妳歸屬這裡後，看我怎麼收拾妳！」

「誰收拾誰啊！」馮千靜怒吼著，左手食指毫不客氣的戳進葉忠鑫的雙眼！

「哇——」這瞬間他看不見，馮千靜當下搶回信封，移步到葉忠鑫的身後勾住他的頸子，掃掉腳盤狠狠的就往地上摔去！

她不可能給對方任何喘息的機會，即刻上前使出卍十字固定，以雙腿平行夾緊壓住他的頭部，將他想要反擊的左手反向折去，葉忠鑫側身哀鳴之際，她再倏地起身，腳既然圈住了他的身子難以動彈，她雙拳緊握開始照頭拼命的輪流急速打下！

「啊啊啊！」葉忠鑫慘叫著，急速猛力的拳頭輪流的在他的臉頰跟頭上擊著，不僅僅是搥打的疼，還有火燒的痛楚。

「馮千靜！牆上！」玫瑰的叫聲傳來，馮千靜倏地往上看，牆上寫了一個大大的：「10」

夏玄允手握著打火機，專注看著信封，毛穎德看著手裡的錶倒數，「九、八、七——」

馮千靜即刻以手肘勾住葉忠鑫的頸子，扭轉他的身體圈制，向後伸出了左手，余筱恩她們激動的上前，三個女孩同時握住了她的手。

「我不會允許妳這樣做的，妳們明明這麼喜歡我，爲什麼要這樣對我？」葉忠鑫聲嘶力竭的扭動著，「這是我們的家啊！」

馮千靜咬著牙，死死壓制著他，瞪著牆上的數字，彷彿裁判正在旁邊唸著吼著！「4、3、2——」

「1——」

火星燃上了信封，夏玄允就依照毛穎德之前的指示，趕緊離開，務必騰出一個空間；他跟郭岳洋雙雙的退出了房間，甚至半掩了門，他們答應毛毛不看的。

毛穎德依然闔著雙眼，深吸了一口氣，終於睜開雙眼。

「馮千靜，回到我身邊！」

一切發生得如此迅速，肉眼不及，毛穎德根本不知道馮千靜是從哪裡出現的，只知道一個重物壓到了他身上，而且是用力撞上來的！

11:58
10 9 8 7
6 5 4

砰！

他及時用手撐住了來人，馮千靜緊閉著雙眼感受著強大的暈眩感，然後耳邊傳來令人又愛又恨的嘈雜音！

「小靜！小靜妳回來了！」夏玄允他們聽見聲音就開門衝入。

「馮千靜妳沒事！」郭岳洋直接衝到她身邊，看著她身上的傷，「天哪！妳又受傷了，還好不重不重！」

「信封呢信封呢？」夏玄允急著要看她帶出來的信封。

「你們很吵！」她不耐煩的說著，緊皺起眉，「安靜點行不行啊！」

「噓！」夏玄允還有臉第一個說噓。

毛穎德攙著馮千靜坐起，知道這種穿越的不適感，手輕擱在她腰際，讓她將大半身子的重量都倚在他身上。

「信封燒起來了。」她靠在他肩頭，看著右手，「已經燒掉了。」

「啊……」夏玄允難掩失望之態，回身看地板的火燄，也只剩下一團灰燼。

「至少門是關了。」毛穎德輕笑出聲，心裡一顆大石總算放下。「希望不要再有失蹤案了。」

她劃上微笑，握緊拳頭對著毛穎德，他也握拳往上一擊，一切盡在不言中。

馮千靜疲憊的望著房間，忽然蹙眉左顧右盼，「她們呢？怎麼沒有一起回來？」

「誰？妳說……啊！玫瑰呢？」郭岳洋立刻跳起來，往浴室裡找去，「玫瑰沒有跟妳一起回來嗎？」

馮千靜面有難色，「玫瑰已經死了。」

「什麼？」夏玄允驚愕不已，「她不是才進去兩天？」

「基本上，午夜過後就屬於那個世界了，屬於變態男人的家人，只能待在那裡等死，我帶去的食物她吃了就吐。」馮千靜搖搖頭，「可是剛剛出來前，我說過要帶她們一起回來的……至少屍體……」

郭岳洋難過的站在浴室門口，裡面什麼都沒有，沒有人，也沒有屍體。

毛穎德沉重的嘆了口氣，「妳記得嗎？玫瑰自己說過，屬於那個世界的東西，一樣也帶不走……」

即使是屍體，只怕也回不來。

三個女生終究要以失蹤案爲懸案，然後將沒有破案的一天。

「小靜，妳剛剛說……過了午夜就屬於那邊的人？」夏玄允沒漏聽這句話，心驚膽顫的看著手裡的錶，現在剛過午夜，「那不就差一點點……」

「對！明明都已經倒數完十秒了，爲什麼還沒立刻讓我回來？」馮千靜忽然斜瞪著身邊的毛穎德，「你知道這是犯規的嗎？」

「犯什麼規啊！這要時機的吧！」他使著眼色，不能讓夏玄允他們知道他會肉咖言靈啊！

「什麼時機，你知道在擂台上，只要十秒就是十秒，你就該宣布我是贏家耶！」

「喂，什麼擂台啊！我們在這裡很緊張好嗎！多怕妳看不見字！」

「緊張？你知道我在那邊是怎樣吧？他媽的都市傳說，下一次我見一個扁一個……呃……」

馮千靜前一秒還中氣十足，下一秒忽然痛苦一皺眉，當下厥了過去。

「馮千靜！喂！馮千靜！」毛穎德搖著枕在他臂彎裡的女人，怎麼說暈就暈啊！

「小靜！叫救護車啦！叫救護車！」郭岳洋立刻撥打電話。

「我抱她下樓！」毛穎德打橫抱起了她，「夏玄允，你收拾！」

「YES SIR－」

一屋子兵荒馬亂，毛穎德抱著馮千靜疾跑的衝下樓，郭岳洋收拾著他們的東西，夏玄允仔細的把信封燒的灰燼掃起收妥，兩個人再次確認著有沒有什麼遺漏之物。

滿屋子的紅血抓痕，祈禱著不會有新的痕跡。

儘管帶著悲傷惆悵，他們還是只能關上503號房的燈、關上房門，那個世界的門也已關上，哭喊聲再也聽不見了。

樓下的男人，或許再也不會出現了！

尾聲

一大清早，平時讓大家運動休閒的公園附近便停滿警車，甚至圍起封鎖線，警方在蓮花池附近進行搜索，兩位潛水伕進入偌大的池中搜索。

馮千靜穿著羽絨衣站在高處寒風中，看著下方的忙碌，兩公尺遠的夏玄允倚在大樹旁，居然帶著手工藝出來縫，凍著手指在那兒縫縫補補。

因爲實在太冷又太餓，毛穎德跟郭岳洋便去附近買熱騰騰的早餐，她跟夏玄允就在這兒等。

「來，熱豆漿。」一旁突然遞來豆漿，馮千靜趕緊接住，「我買了蔥蛋蛋餅，八分熟。」

她眨了眨眼，接過毛穎德遞來的早餐，他居然連她要的口感都知道耶！

「呼……」他雙手也捧著豆漿，呼出的氣冒著白煙，今天超級冷，現在大概連十度都不到，「還沒消息嗎？」

「還沒。」她搖搖頭，小心翼翼的撕開豆漿上頭的塑膠膜，喝了一小口，

「唔，好溫暖！」

「這幾天濕氣都重，就更寒了。」他捧著杯子當暖暖包，舒服許多。

「小靜，妳眞的覺得這裡有東西喔？」夏玄允好奇的探頭問著，「萬一最後沒有怎麼辦？」

「那也是章警官做的決定啊，小靜只說出她經歷的，最後下決定的是章警官。」郭岳洋咬著熱騰騰的饅頭搶先回應，「但是，我們都希望能找到吧！」

馮千靜肯定的點頭。

因爲穿越詭異空間跟連日熬夜的不適感，讓她在醫院小睡了幾小時，醒來時毛穎德就陪在她身邊，夏玄允他們則跑去警局找章警官說明這離奇的事件；而讓馮千靜耿耿於懷的，在於當葉忠鑫殺死玫瑰時的神態與低咒的話語，讓她覺得曾經發生過。

她記得那段時間前後失蹤的人，除了葉忠鑫外，還有個出門買晚餐就失蹤的女學生，照片上的模樣跟那傢伙喜歡的類型類似；而葉忠鑫原本是要去告白卻失蹤，當年被告白的女生也沒人知道是誰，但是就他殺死玫瑰的行爲，讓馮千靜覺得他不像在對玫瑰說話。

怎麼想，就只能想到被告白的那個人了。

章警官回頭調查，發現那時的兩個失蹤學生不同系也不是同一年級，幾乎沒有交集，但是當時失蹤的女學生在校旁一間義大利麵店裡打工，而葉忠鑫正是常客，六年前的證據袋裡，他擁有那家餐廳的集點卡，幾乎到了天天去吃的地步。

而失蹤的女學生也的確最喜歡蓮花，這些是六年前的案子，現在學生不可能知道這件瑣事，章警官聽聞後沉思了好一會兒，接著便決定搜查學校附近這處公園的蓮花池，也是方圓百里唯一的一座。

佔地甚廣，不是小小一池，所以需要費點時間！

大家都希望這不是錯覺，如果能夠有所發現的話，這將是事件中唯一的屍體了。

「聽說余筱恩的父母已經決定把東西整理好，將房間還給房東了。」夏玄允看著手機訊息，他連這消息都知道。

「是嗎？」毛穎德有些凝重，「的確也只能這樣，他們將會一直等余筱恩回來吧。」

「這也是沒辦法的事，註定是懸案，可是我們什麼都不能說，也不適合說……就讓他們抱著一線希望吧。」郭岳洋幽幽的說著，「如同西郊張雪勻的情況一樣，抱有希望總比絕望好。」

他們拜訪過八個心碎的家庭，大家心底深處都隱約覺得孩子不會回來，可是依然抱持著希望，因爲生要見人，死要見屍，見到屍體才能算眞的不在了。

「遇上都市傳說……這眞的太難解了。」夏玄允看向馮千靜，「事實上差個一分鐘，我們可能也永遠見不到小靜了！」

若非身在其中，絕不知道「都市傳說」的可怕！

過去對都市傳說未曾涉獵、甚至不太相信的馮千靜，在歷經過幾次後，開始有了不一樣的觀感！這種事情是無解的，隨時隨地可能會發生，比所謂魑魅鬼魅之說還可怕，因爲不是什麼神佛或是護身符能擋下的。

甚至不一定有因果！

她終於明白之前夏玄允曾說過，每年有多少失蹤者只怕是因爲「都市傳說」導致的！

想著在那間503號房的余筱恩、陳怡蓉及玫瑰，在那個沒有生也沒有死的地方，永恆的伴著那個自以爲是的變態傢伙，只要爲他撿起東西就代表喜歡他？就是兩情相悅？這是哪門子的思想！

抱持著這種想法，說不定就是這樣認爲服務生喜歡他！

「可惜信燒掉了，否則我眞想查查那封信是誰寄的、上面寫了些什麼！」馮千靜用力握著杯子，她複雜的情緒中包含了恐懼與極大的憤怒。「還有，葉忠鑫六年前明明只是二十五歲的大四生，爲什麼能夠搖身一變成了『都市傳說』？」

「我覺得是因爲他收到的那封信！畢竟信是西郊那位『樓下的男人』寄給他的啊！」郭岳洋早思考過這件事的關聯，「兩個事件都是同一封信、形成空間的連結！」

「但是其他類似的都市傳說並沒有。」毛穎德不全部認同，「我覺得西郊跟我們這個有關，不代表所有『樓下的男人』都是同一個源頭。」

夏玄允頻頻點頭，「這我同意，同樣的都市傳說，在每個地方都會發展成不同的結果。」

「可以拜託它們不要發展嗎！」馮千靜氣惱的唸著，「我眞是受夠了，無緣無故去招惹人做什麼！」

都市傳說就是這樣可怕，無所不在，你永遠不知道什麼時候會碰見，碰見後又會發生什麼事……夏玄允微微一笑，這也正是令人著迷所在啊！

「都市傳說我倒不是那麼擔心，如果眞的這樣無所不在、防不勝防，倒不如順其自然。」毛穎德忽然轉向了馮千靜，嚴肅異常，「倒是妳——拜託不要再做這麼危險的事了！」

她？馮千靜圓著雙眼，右手邊三個男孩竟不約而同的點點頭。

「雖然小靜妳很強，可是這次眞的太危險了，連能不能出來都不知道就這樣被帶走！」夏玄允搖搖頭，就算他對都市傳說著迷，也不會希望朋友遇上麻煩，更甭說以身試險了，「萬一沒辦法出來的話怎麼辦？妳就得待在裡面了！」

「我也不希望小靜再這樣了……」郭岳洋眼裡盈滿悲傷，他的偶像這樣犯險他哪捨得！「上一次為了我去挑戰紅衣小女孩，這一次又故意讓『樓下的男人』跟蹤……」

馮千靜難為情的別過頭，「上、上次是意外，不、不是為了你啦！這次我是受不了他這樣搞，弄得人人自危，你們別忘了我也是一個人住在房間裡，我也算危險群啊！」

口是心非，馮千靜根本受不了朋友遭受危險！

「可是……」夏玄允疑惑的轉著眼珠，「妳不是說他怒氣沖沖說妳太凶不是他的菜！若是平常他怎麼可能選妳啦！被都市傳說退貨耶！哈哈哈哈！」

退貨……馮千靜瞇起眼，很好！仗著現在在外面不方便是嗎！這幾天忙著這件事她都沒運動，回家後就拿夏玄允好好的練習練習！

郭岳洋趕緊用手肘撞向夏玄允，他是在找死嗎？笑得這麼開心，雖然、雖然話說得沒錯啊，照小靜平常那種裝扮，「樓下的男人」絕對不會選她的啊！

但是他沒膽子醬子說啊！

「喂。」毛穎德突然低語，「說眞的，不要再這樣做了，若不是我有言靈，只怕妳是回不來了。」

馮千靜望著他，卻揚起了難見的美麗笑容，「就是因爲你有言靈，我才敢這麼做啊！」

毛穎德爲之訝然，「馮千靜，妳明知道我這是肉咖言……」

「但是救了我啊！」她比出一個二，「兩次！」

他心裡湧出莫名的喜悅感，這種不爲外人道的怪異能力，竟能換來這麼大的效益……「妳就對我這麼有信心？」

「當然。」馮千靜劃滿笑容，「若不是有你在，我才不敢這麼做呢！」

她沒有忘記，在牆上首次看見螢光筆回應時，那份想哭的興奮心情，更沒有忘記，當她被帶走來到另一個503時，幾乎百分之百確定毛穎德一定會前往！也因此她往牆上寫下第一個字時，心裡認定他也在另一個503。

儘管在不同空間，她卻覺得他們是在一起的，這種百分之百的信任她也不知道從何而來，但是毛穎德就是給她這種感覺！

「找到了——」遠遠的，傳來了喜悅的聲音，「找到了！」

他們四個趕緊踮腳往前眺望，夏玄允甚至還拿出自備的望遠鏡，看見蓮花池裡的潛水人員浮出水面，手上高舉著一顆掛滿蓮根的白骨。

水自眼窩的窟窿流出，彷彿兩行清淚。

池邊頓時熱鬧起來，這個發現無疑為警方打了劑強心針，他們更加積極的找尋其他遺骨，章警官趁機回過頭看向他們的方向，豎起大姆指示意。

他們同時回以頷首，紛紛圍到馮千靜身邊，居然眞的給她猜對了！她只是聳聳肩，今天他們任何一個人看到葉忠鑫的反應都能聯想，像她這麼大喇喇的都能發現，「樓下的男人」殺玫瑰時眞的陷入過去。

「走了走了！」夏玄允伸了伸懶腰，呵欠連連，大家決定先回去補眠了，折騰了這麼多個夜晚啊！

「欸，我想要去幫忙整理余筱恩的房間耶，幫忙粉刷之類的，你們說好不好？」郭岳洋邊走邊提議，「當作我們社團的公益活動！」

馮千靜跟毛穎德同時挑眉，「公益活動？哼！」

「對啊，我覺得這個活動超棒的！」夏玄允舉雙手贊成！

廢話，他們根本就想去接觸那間房間，順便看看還有沒有哭聲、有沒有桌椅在動、牆上會不會再出現血抓痕。

「想起女孩子們我就覺得可憐，她們永遠都被困在那裡……粉刷再多次也沒用吧，看看張雪勻的房間。」馮千靜搖搖頭，「說不定我們弄乾淨後，還是會再出現無限的抓痕。」

「就試試看吧！」夏玄允回頭，「我想知道門如果是被燒掉，空間的連結還在嗎？」

咦？毛穎德一怔，對啊，當年西郊是把信寄出去，並沒有燒毀……這次跟當年不同，說不定連結會徹底消失呢！

夏玄允輕快的跟著郭岳洋討論著這次事件，要怎麼寫在社團中分享，什麼時候舉辦活動，讓社員們一起參與粉刷清理活動！

當然，他的確急著要確認牆上會不會再出現血抓痕。

因爲門不只關閉，不只燒掉，他悄悄做得更徹底了些——那是連洋洋或是毛毛都沒有注意到的！

他去設法打火機時，順便帶了一小瓶汽油……當點燃那封信時，毛毛正闔著雙眼、洋洋專注於牆上的倒數，而他在那瞬間把汽油瓶放在信封上了。

在毛毛睜眼前他閃神一秒，汽油瓶竟已不見，接著他跟洋洋退出房間，小靜回來，燒毀的卻只有那封信……那整瓶汽油想必應該已到了那間503！

余筱恩的房裡沒有水也沒有滅火器，那個空間雖然沒有生也沒有死，但是如果空間不存在了，或許大家都能得到自由。

至少，夏玄允露出天真可愛的笑容，至少希望「樓下的男人」不再存在！

「這麼開心？」郭岳洋注意到他的神情。

「當然，做了件好事呢！」夏玄允愉悅的走跳著，右手指間裡纏著細紅線，掌心握著東西。

毛穎德留意到，很是狐疑，「夏玄允，你剛剛一直在縫什麼啊？突然想做手工藝？」

「我比較意外的是夏天居然會縫東西。」馮千靜由衷的說。

「夏天手很巧的呢！他說想縫個社團的護身符！」郭岳洋對夏玄允總是多有讚賞。

「社團的護身符？你又在想什麼了？」毛穎德不由得皺眉，一個社團哪需要啊？是人比較需要吧！

就見夏玄允回身，右手指間掛著紅繩，下頭繫了精緻的護身符，「誰說的，社團總要有代表物，兼具護身也不錯啊！」

隨便他啦！馮千靜懶得理睬，夏玄允的花招太多。

「眞有心，要我就去廟裡求一個就好，還自己縫咧！」毛穎德挑高了眉，不覺得有這麼單純，根本不像夏天！「你這傢伙除了都市傳說外，對什麼事這麼上心……」

等等!!

馮千靜也瞬間慢下腳步，跟毛穎德互看一眼後，即刻指向夏玄允——「說！護身符裡面包什麼!?」

嘻，就見夏玄允一臉喜上眉梢，「跟廟裡求的香灰，當然還有那封信的灰燼啊！用都市傳說來守護社團，不是最恰到好處嗎！」

「對耶對耶！」郭岳洋雙眼晶亮，「好名副其實的護身喔！你怎麼想到的？」

對個頭！

「那封信的灰燼——有沒有搞錯啊！」

「立刻給我丟掉！你是嫌失蹤案太少嗎？那封信大有問題你還敢留！」

「夏玄允！」

後記

有沒有被跟蹤過？有沒有覺得晚上一個人走路回家時，身後彷彿有個人一直跟著……跟著你？

樓下的男人，說的就是關於這種其實現在很常見的事情，只是進階開外掛版而已。

關於樓下的男人有很多種版本，我看到的版本是那個女生一邊打推特（其實應該是日本的2CH吧？版本後來都演化了），就是發現剛回家路上似乎有人跟著她，她好不容易到家後，卻發現那個人居然站在她家樓下！

從窗戶往下望，那個人還抬頭對她笑……

笑得她頭皮發麻，大家鼓吹她報警，但是她有些猶豫，或許因爲「沒有犯罪事實」，所以讓她卻步，畢竟如果報警，對方說只是路過散步或等別人，引起一場誤會就麻煩了。

結果後來那個男人居然上樓，開始敲女孩子的房門，她嚇得要死一邊繼續打字跟網友說實況，也有網友幫她報警；最後實況轉播到「對方在撞門」後，這個女孩就再也沒有再打上任何一個字。

聽說警方是到了，但是那個女孩不見了，就此人間蒸發。

其實近幾年有不少社會案件是被尾隨的，有女孩子被騷擾、也有機車尾隨搶劫，這種跟蹤都讓人不禁走路都會頻頻回首；更別說一個人走夜路時，就算時間還早，但只要在巷中只有你一人，聽得後面有足音亦步亦趨，很少人會放寬了心當作那人不存在的啊！

這個都市傳說不禁讓人想著：那男人究竟是誰？爲什麼這麼執著要那個女孩？爲什麼一開始只是站在樓下？最後那女孩去了哪裡？

所以想像馳騁，我便寫下了腦補版的「樓下的男人」。

也順便提醒不管男女，大家都要留心，女孩子當然要更注意些，有時候穿得辣一點就有機會遇到麻煩，可是近來好像就算邋遢也會遇到麻煩，怪人年年有，一年比一年多啊！還有包包要注意，機車搶劫實在很缺德，總是讓人丟財又受傷！

日前我才有網友只是去買個宵夜，竟然被人尾隨跟蹤，在後面說了些言語騷擾不堪入耳的話，嚇得她花容失色。

當然，有人會提到報警，講個現實的，其實有時候在「沒有犯罪行爲下」，警方眞的也對那些人無可奈何，尤其單純以「跟蹤」來說，因爲很難有具體事證認定某人跟蹤，對方可以說他就走同一條路啊，憑什麼說他是跟蹤？路是公共的，不能限制他不能走，加以沒有犯罪，警方不能用任何一條法來限制或是懲罰他。

「可能」會犯罪這個就眞的說不過去了，因爲沒犯就是沒犯，不能硬加罪名在人家身上。

過往在附近有個女生覺得一直被人跟蹤，她嚇得衝進警局報警，警方陪她回家，也問了那個「疑似跟蹤者」，對方就是說走同一條路不行嗎？警方是不能收押那位「疑似跟蹤者」的，他們什麼都無法做，因爲那只是個走路的平常人。

最後不幸的，那個「疑似跟蹤者」的確是刻意跟蹤那名女生，因爲那名女生後來被姦殺，凶手當然很好鎖定就是之前那位「疑似跟蹤者」；大家都不能諒解，認爲警方早知道跟蹤事件，卻不能阻止這樣的慘案發生。

可是仔細想想，警方要用哪一條法律，去限制、逮捕或拘留一個「走同一條路的路人」呢？今天能刻意留他問話一次，但不可能長久啊！

雖說很消極，但自身的安全眞的還是要自己多一份心啊！眞是太可怕了，嗚！

啊不說不愉快的了，「都市傳說社」繼續努力的攪和……我是說參與都市傳說，這個沒有邏輯、隨時隨地出現的傳說們，總是任性的現身哪！

樓下的男人爲什麼如此執著於那些女生？消失的女孩去了哪裡？這些我們的小靜（飛踢）馮同學已經告訴我們了，還打了場漂亮的擂台賽（咦？）。

至於接下來還會遇到什麼事……且讓我們拭目以待，屆時大家睡覺時務必提心吊膽喔，嘻嘻嘻。

笭菁2014.11.19

境外之城 047

都市傳說3：樓下的男人

作　　者／笭菁
企畫選書人／張世國
責任編輯／張世國
業務經理／李振東
行銷企劃／周丹蘋
總 編 輯／楊秀眞
發 行 人／何飛鵬
法律顧問／台英國際商務法律事務所　羅明通律師
出版／奇幻基地出版
城邦文化事業股份有限公司
台北市南港區昆陽街16號4樓
電話：(02)25007008　傳眞：(02)25027676
網址：www.ffoundation.com.tw
e-mail：ffoundation@cite.com.tw
發行／英屬蓋曼群島商家庭傳媒股份有限公司城邦分公司
台北市南港區昆陽街16號8樓
書虫客服服務專線：(02)25007718・(02)25007719
24 小時傳眞服務：(02)25170999・(02)25001991
服務時間：週一至週五09:30-12:00・13:30-17:00
郵撥帳號：19863813　戶名：書虫股份有限公司
讀者服務信箱 E-mail：service@readingclub.com.tw
歡迎光臨城邦讀書花園 網址：www.cite.com.tw
香港發行所／城邦（香港）出版集團有限公司
香港灣仔駱克道 193 號東超商業中心 1 樓
電話：(852) 2508-6231 傳眞：(852) 2578-9337
e-mail : hkcite@biznetvigator.com
馬新發行所／城邦（馬新）出版集團
【Cite(M)Sdn. Bhd.】
41, Jalan Radin Anum, Bandar Baru Sri Petaling,
57000 Kuala Lumpur, Malaysia.
電話：(603) 90578822　傳眞：(603) 90576622
E-mail:cite@cite.com.my

封面內頁插畫／AFu
封面設計／邱弟工作室
排　　版／浩瀚電腦排版股份有限公司
印　　刷／高典印刷有限公司
■2014 年（民 103）12月4日初版一刷
■2024 年（民 113）5月3日初版18刷

售價／250元

國家圖書館出版品預行編目資料

都市傳說3：樓下的男人／笭菁著, -初版-台北市：奇幻基地出版；家庭傳媒城邦分公司發行；2014.12（民104.12）
面：公分. -（境外之城：47）

ISBN 978-986-5880-83-5（平裝）

857.7　　103020679

ISBN　978-986-5880-83-5
Printed in Taiwan.

廣　告　回　函
北區郵政管理登記證
台北廣字第000791號
郵資已付，免貼郵票

104台北市民生東路二段141號11樓

英屬蓋曼群島商家庭傳媒股份有限公司城邦分公司 收

請沿虛線對摺，謝謝

奇幻基地

每個人都有一本奇幻文學的啟蒙書

奇幻基地官網：http://www.ffoundation.com.tw

奇幻基地粉絲團：http://www.facebook.com/ffoundation

書號：1HO047　　書名：都市傳說3：樓下的男人

奇幻戰隊好讀有禮集點贈獎活動

活動期間，購買奇幻基地作品，剪下封底折口的點數券，集到一定數量，寄回本公司，即可依點數多寡兌換獎品。

點數兌換獎品說明：

- **5點** 奇幻戰隊好書袋一個
- **10點** 2012年布蘭登·山德森來台紀念T恤一件
  有S&M兩種尺寸，偏大，由奇幻基地自行判斷出貨
- **15點**【蕭青陽獨家設計】典藏限量精繡帆布書袋
  紅線或銀灰線繡於書袋上，顏色隨機出貨

兌換辦法：

2014年2月～2015年1月奇幻基地出版之作品中，剪下回函卡頁上之點數，集滿規定之點數，貼在右邊集點處，即可寄回兌換贈品。

【活動日期】：即日起至2015年1月31日

【兌換日期】：即日起至2015年3月31日（郵戳為憑）

其他說明：

＊請以正楷寫明收件人真實姓名、地址、電話與email，以便聯繫。若因字跡潦草，導致無法聯繫，視同棄權

＊兌換之贈品數量有限，若贈送完畢，將不另行通知，直接以其他等值商品代之

＊本活動限臺澎金馬地區讀者

【集點處】

1	6	11
2	7	12
3	8	13
4	9	14
5	10	15

（點數與回函卡皆影印無效）

個人資料：

姓名：＿＿＿＿＿＿＿＿＿＿＿＿＿＿＿＿ 性別：□男 □女

地址：＿＿＿＿＿＿＿＿＿＿＿＿＿＿＿＿＿＿＿＿＿＿＿＿

電話：＿＿＿＿＿＿＿＿＿＿＿＿ email：＿＿＿＿＿＿＿＿＿＿＿＿

想對奇幻基地說的話：＿＿＿＿＿＿＿＿＿＿＿＿＿＿＿＿＿＿

＿＿＿＿＿＿＿＿＿＿＿＿＿＿＿＿＿＿＿＿＿＿＿＿＿＿＿＿

請剪下右側點數，貼於背面的集點處，集滿5點以上，即可寄回兌換抽獎 1